JN178257

水平京物語

すみれの水都に雨降りにけり

淡雪みさ

富士見L文庫

目次

序章

朝顔の花々が雫《しずく》に濡《ぬ》れている。

降り続いた五月雨《さみだれ》により激流となった川の音が、今日もごうごうと力強く響いていた。暴れ川と呼ばれるその川に沿って目的地まで進む道中、すれ違う人々が不安げな声音で話し合っているのが聞こえてくる。

「東方の川ではまた洪水が起きたそうだよ。暴れ川には帝《みかど》が命じて堤防を築いてくれていたからよかったものの、今後あれ以上激しい雨が降ったらどうなることか……」

「近頃多すぎやしないかい。水龍《すいりゅう》様がお怒りなのかね」

水龍というのは帝が代々祀《まつ》っている、水を司《つかさど》る神様である。その水龍は帝の住まいがある内裏の地下に鎮座し、都に雨を降らし作物の豊作をもたらすため、人々から深く信仰されている。

確かに、毎年この時季は雨が激しいというのもあるが、今年は特に酷《ひど》かった。一連の水害は、水龍の機嫌によるものかもしれない。

悲田院《ひでんいん》に到着したすみれは古びた戸を開けた。この悲田院は宮中に住む内麻呂《うちまろ》という上流貴族が、病人を救療するという目的で建てた慈善施設だ。都で行き場を失った貧窮者や病者、孤児などが収容されている。すみれは幼い頃に、他に行く当てのない母とともにここへやってきた。

すみれが中へ入るなり、幼い男児を抱えた婦人が縋《すが》り付《つ》いてくる。

「すみれ様！ あなたが名高い祈禱《きとう》師の、すみれ様でございますか。ああ、どうか助けていただけないでしょうか」

すみれは彼女が抱えている子供の周囲で蠢《うごめ》いている蛇のようなものを確認する。

「動物霊が取り憑《つ》いています。すぐ祓《はら》いますね」

すみれが手印を結ぶと、苦しそうに荒い息をしていた男児の呼吸はすぐに正常に戻った。固く目を閉じていた男児の瞼《まぶた》が薄く開かれ、婦人の姿を視界に捉える。

婦人はその変化に驚いたようにあっと声をあげた。

「凄《すご》い……。噂《うわさ》に聞いた通りです。どんな病もすぐに治してしまう祈禱師がいると」

「どんな病も、というわけではないけれど……」

「いいえ。あなた様なら、都に今蔓延《はびこ》っている疫病も取り除けるのではないでしょうか」

期待の目を向けられ、すみれは曖昧に微笑《ほほえ》んだ。

それは今の自分には難しいだろうと無力感に苛《さいな》まれながら。

第一章　藤の花の妃争い

——千年の都、水平京《すいへいきょう》。

その片隅、華やかな皇宮の南に位置する悲田院《ひでんいん》で、すみれは祈禱師をしている。

水平京は人が多いだけあって、そこに棲《す》み着く物《もの》の怪《け》や怨霊も多い。物の怪や怨霊には、無害なものもいるが人に取り憑いて悪さをするものもいる。これらの怨霊は見える者の方が少なく、それだけでも特殊な才能とされているが、その中でもすみれには、〝見える〟以上の不思議な力があった。

物の怪や怨霊などの人ならざるものに命令して支配し、従わせることができるのだ。いうなれば、調伏《ちょうぶく》をする力がある。

最初は、悲田院にいる僧侶のやっていることを真似《まね》たことがきっかけだった。彼らは仏を思う時、両手の指で様々な形体を形作る。手に印を結び、口で真言を唱え、心に仏を思うことはとても大事なのだそうだ。幼いすみれは見様見真似《みようみまね》で手印を形作り、悲田院が物の怪に襲われた際、咄嗟《とっさ》に仏に願う気持ちで「ここから立ち去ってください」と物の怪に伝えた。すると物の怪はたちまちいなくなってしまった。

手印を結び、命令を唱えることで、物の怪を従わせることができると気付いたのはその時だった。

どの僧侶に聞いてもそんなことはできないと言うので、これはすみれ特有の力らしかった。

悲田院にはさまざまな病の人が訪れるが、中には物の怪が取り憑いているために体調を崩している人もいる。物の怪が見えない人達には病気にしか見えないが、物の怪に取り憑かれた人に普通の治療は効かない。悲田院に置いてもらう代わりに、治療の手伝いとして物の怪を支配し追い払うことを続けていたすみれは、いつしかその力を頼りにされるようになった。そして、続けているうちに祈禱師として何やら有名になってしまった。

すみれは悲田院の病床の一つ、母が休んでいる場所へ向かった。母の横には全く手が付けられていない粥状《かゆじょう》の雑穀がある。

「母上、また食事を取っていないの」

「いや、いやよ……そこには毒が入っている。私には見えるの。ほら、粥の上で何かが動いている。恐ろしい、恐ろしい……」

「何もいないわ。この食事は最初から最後まで私が用意したものよ。毒なんて入っていない。お願い、食事が嫌なら薬だけでも……」

「うるさい、うるさい！　すみれ、あなたの後ろにも恐ろしいものが見えるわ！　私を騙《だま》しているでしょう！　その薬湯も毒に決まってる！　皆私を殺そうとしているんだわ！」

せめて薬湯だけでも飲ませようとすると母は激しく暴れ出した。母が腕を振り回したせいで、すみれの持っていた器が床に落ちて割れる。

調子の良い時は話が通じるのだが、最近はこちらの声かけがあまり届かなくなった。

痩せこけ、変わり果てた母の姿。すみれはその状態を治せない悔しさで拳を握り締めた。

以前までは、病に冒され悲田院にやってくる病者のほとんどが低級怨霊に取り憑かれているだけだった。だからすみれにとっては調伏して終わりの、簡単な話だったのだ。

しかしここ数年、すみれにはどうにもできない流行《はや》り病が都全体に広がっている。

おかしなことを言い出したり奇行を繰り返したりするところは物の怪に取り憑かれた時の症状と同じだ。けれど、今回の流行り病では調伏する対象が病者の周囲にいるわけではない。何かとても邪悪なものに影響されているのを感じるが、その正体が何なのか、すみれには見えなかった。

すみれの母も数年前からこの状態で、治すための有効な手段は未《いま》だ見つからない。

すみれには父親がいない。けれど、頼もしい母が傍《そば》にいたのでそれを不幸だと感じたことはない。

身分が低いながらも美しく気丈な母は、常にすみれのことを優しい眼差《まなざ》しで見守ってくれていた。悲田院に身を寄せた当初は特に貧しい暮らしではあったが、すみれがどんなに空腹に襲われても生きることを諦めずにいられたのは、紛れもなく母のおかげだった。

その母も、流行り病の影響で今はこんな状態である。

深い溜《た》め息《いき》を吐いた時、悲田院で治療を担っている針師が大きな声ですみれを呼んだ。

「外に人が倒れているぞ！」

すみれは急いで治療棟から外へ出て、案内されるままに道を走った。悲田院の裏手、雑草の多い細い道の中心に、確かに男が倒れている。

更に——おびただしい数の物の怪、怨霊が彼の周りに纏《まと》わりついていた。

すみれは幼い頃から人ならざる者が見える。しかし、これほどの数が集まっているのを目にしたのは初めてだった。

一瞬足が竦《すく》んだ。しかし、このままでは彼が死んでしまうと思い走り出した。

「邪悪なる物の怪よ、此《こ》の場を去れ！」

手印を結んで男の体に取り憑こうとする物の怪に命じる。数が多すぎて一度では調伏しきれない。すみれは必死になって、何度も襲い来る物の怪達を調伏し追い払った。

「此の男は、あなた達が棲まうべき場所ではない。速やかに立ち去りなさい！」

これだけ連続で調伏術を酷使したのは初めてで、途中から頭がくらくらしてきた。それでもすみれは諦めず、何度も何度も物の怪達に命令する。一度調伏した強力な物の怪を操り、他の物の怪を倒している内に、あれだけ数多くいた人ならざる者達は、すみれの勢いに気圧《けお》されたのか徐々に減っていった。

すみれは肩で息をしながら最後の物の怪がいなくなったのを見届けた後、男の傍に駆け寄って彼を起こす。

男の瞼がゆっくりと開いた。

深縹《こきはなだ》の髪が風にそよぐ。きりっとした眉、すっと通った鼻梁《びりょう》、薄紅の唇――少なくともすみれの人生では見たことがないくらい、気品のある美丈夫だ。

調伏に必死で気付いていなかったが、一瞬見惚《みと》れてしまうほどには麗しい男だった。花の顔とはこのような容姿を言うのか、と少し感心する。立派な直衣《のうし》からしても、高貴な身の上であることは間違いないだろう。

「君が俺を助けてくれたの？」

呑気《のんき》に目を細める彼を見て、すみれは信じられない気持ちで聞き返した。

「ご無事ですか？　あなたは、さっきまで物凄《ものすご》い数の怨霊に囲まれていたのです。どこかに痛みを感じたり、気分が優れなかったりはしませんか？」

死んでいてもおかしくない状態だったのだ。あれだけの目に遭ってけろっとしているのが不思議である。

「大丈夫だよ。慣れてるから」

「慣れてるって……」

「昔から物の怪を引き寄せやすい体質なんだ。でもおかげで探し求めていた君と出会えたから、不幸中の幸いかもね」

そう言ってあっさりと立ち上がった彼は、本当に特に痛いところなどはなさそうな素振りであった。

「俺は源《みなもと》一門《いちもん》の貴月《たかつき》。君みたいな勇敢な術者を探していた」

源一門という言葉に耳を疑う。源一門は、源内氏《げんない》という地方貴族を守る貴人護衛の名門だ。

古くから続く貴族の家系には、それに連なる護衛の一族が存在する。たとえば源一門は普段は源内氏の傍にいるため、そう簡単にお目にかかれる存在ではない。

「君、俺と一緒にこの国の東宮妃を目指す気はない？」

「…………はい？」

その源一門の男に突拍子もないことを言われ、すみれは間抜けな声を出してしまった。

言わんとすることに心当たりはある。近々、現東宮の正式な妃《きさき》選び——〝藤花妃争《とうかひそう》〟と呼ばれる儀式が行われる予定なのだ。

国中から魅力的な姫君達が宮中に集められ、それぞれが宮中で過ごす様子を見て誰が東宮妃に相応《ふさわ》しいかを見極める儀式である。

をする。参加者達は一年を通して宮中で過ごし、春、夏、秋、冬の四回、東宮の前で様々な催しをする。宮中での人気度や東宮からの寵愛を競い合い、未来の東宮妃を決める——話にはそう聞いている。

庶民のすみれには関係のない話だが、宮中の南にあるこの町も、藤花妃争の影響で最近はたいそう賑《にぎ》わっている。まもなく始まる儀式に備えて、全国各地から数百名の姫君とそのお付きの者達が集まっているのだ。宮中に上がる前に必要なものを買いそろえるためか、このところは身なりのよい人も多く見かける。

東宮妃を目指すとなると、高貴な姫君達が集まる、その藤花妃争に参加しなければならない。冗談にしても面白くない、というか、心配になるほど非常識な提案だった。

「な、何をおっしゃっているのですか？　やっぱりさっき大量の物の怪に取り憑《つ》かれたせいで頭がおかしくなったんじゃ……。そもそも藤花妃争なんて、私のような身分の者に縁のある話じゃありませんし」

まだ物の怪が取り憑いているのではと疑いの目を向けると、貴月はこちらを試すように問いかけてきた。

「水平京に巣くう流行り病。藤花妃争に参加すれば、それをどうにかできるかもしれないって言っても？」

息を呑《の》む。なぜそれと東宮妃になることが関係あるのか。

すみれは黙って次の言葉を待った。しかし。

「まあ、興味ないならこの話はなかったってことで。今日はありがとう。じゃあね」

「ま、待って。待ってください」

あっさり去ろうとする貴月の狩衣《かりぎぬ》の袖を咄嗟に摑《つか》む。すると貴月は、計画通りとでも言いたげににやりと振り返った。

「なーに。やっぱり知りたい？」

「話だけなら聞きます。あなたは、この疫病の原因を知っていると言うの？」

動揺もあり、すみれは思わずくだけた口調で答えを急《せ》かした。

「ただでは教えられないなぁ。君が俺に協力して東宮妃を目指すって言ってくれないと」

「……どうしてそんなことに私なんかを誘うのよ。そもそも源内氏の姫君がいるのではないの？」

「残念ながら、源内氏には適した年齢の姫君が生まれていない。参加するなら他所から代表者を見つける必要がある」

「高貴な源内氏の姫として、貴族ですらない私を選ぶということ？　それはさすがに、場違いすぎるんじゃない」

不審に思って見つめ返した。源内氏を代表する姫として自分が儀式に出るなど、あまりにも分不相応だ。

しかし、貴月はすみれの言葉を否定する。

「藤花妃争の参加資格はただ一つ。術を持つ年頃の女性であること。君には強力な術があるよね？　それも、宮中の陰陽師《おんみょうじ》を凌《しの》ぐ力だ。藤花妃争の儀式はいかに宮中で働く人々からの支持を得られるかも重要になってくる。君はただ、病で苦しむ人を救えばいい。さっき俺にやったみたいにね。そうすれば、自《おの》ずと他の候補者に近付くはずだ」

「……術？　それって、私の物の怪《もののけ》を調伏する力のこと？　私が使うような力を持つ人が、私の他にもいるって言うの？」

すみれは驚いて聞き返した。悲田院の僧侶にも、悲田院にやって来る他の人々にも、すみれのように物の怪を調伏できる者はいなかった。この辺りにそんなことができる人物がいないからこそ、すみれは仏の力を持つだの何だのと噂《うわさ》されて有名になったはずだ。けれど貴月の口ぶりでは、今回儀式に参加する者は全員術を持っているらしい。

貴月は、「君、分からずに使っていたの？」と意外そうな顔をした。

「貴族でないから術に触れる機会もあまりなかったんだね。術っていうのは、風を操ったり花を咲かせたり……色々種類はあるけれど、他の人にできないようなことができる特別な力のことだよ。君が物の怪を従わせることができるのも術の一種だね」

今までずっと、なぜ自分にだけこのような力があるのだろうと不思議に思っていた。しかし、どうやら術というのは貴族社会ではそう珍しくもないらしい。

「術さえ持っていれば家柄や後ろ盾のない庶民にも一発逆転の機会がある。と言っても、術を持つ人間はほとんど貴族の間にしか生まれないから、結局は貴族同士の争いになるんだけどね」

その説明を聞いて藤花妃争の苛烈さが想像できた。日の目を見ない下級貴族にとっては千載一遇の好機だろう。もしかしたら自分の娘が、術を持つというだけで次期帝《みかど》の妃《きさき》になれるかもしれないのだから。

「前々回の藤花妃争では、ほとんどの人が名を知らないような下級貴族の娘がその術だけを武器に東宮妃になったことがあった。妃が強力な術を持つことは帝の権威に繋《つな》がるし、妃の術の強力さが子に引き継がれることも多いからね。それくらい術の強さっていうのは重要なんだ。より強い術を持つ娘を求めて、一族の中で家格が下の娘を候補として抜擢《ばってき》する家も珍しくはない。手段を選ばない家だと、他の家から強い術者を養子に迎えて参加させることもあるね」

貴族は東宮妃選びのために、術を持つ年頃の姫をよほど欲しているらしい。術の強さだけを求めるなら、貴月が調伏術を使いこなしているすみれに目を付けるというのも納得がいく。

すみれは返事を躊躇《ちゅうちょ》した。たとえその儀式で勝てたとしても、東宮妃などという立場は自分には務まらない。

しかし同時に、日々悪化していく母の様子を思い出す。このままでは、昔のような母の優しい笑顔はもう見られないかもしれない。

――今は何としてでも、どんな手段を使ってでも疫病の情報を得たい。

「……分かったわ。できる限り協力する。お願い、あなたの知っていることを教えて」

貴月は満足げに笑みを深めた。

その直後、遠くで見守ってくれていたらしい針師がすみれ達の元に駆け寄ってくる。

「すみれ様、ご無事か！」

道端で長話をしていて少し暑くなってきたところだったので、すみれは貴月を悲田院の中に案内することにした。

悲田院では貴月の体を心配し、念のため薬草を擂《す》り潰して飲ませた。しかし彼はけろりとしているばかりで、どこも悪そうには見えない。ひとまず健康体とみなし、他の病者からは離れた部屋の隅で話を聞いた。

「内裏の地下にいる水龍《すいりゅう》様。君はあれを信じてる？」

内裏は帝の居所を中心とする御殿だ。中には帝やその妃達が住み、時に東宮やその妃達も殿舎を賜り、華やかな後宮として存在している。

国を守る神である水龍は、その地下に祀《まつ》られていると言われている。

急に何を言い出すのだと思いながら、すみれは躊躇《ためら》いがちに答えた。

「そりゃ……都に繁栄をもたらしてくれる神様だもの。信仰しなければばちが当たるでしょう」

「君が生まれるより前は、確かに良い神様だったかもね。でも今地下に祀られているのはそれとは別の神様。悪神だ」

「悪神……!?」

「入れ替わったんだよ。帝が代々祀っていた、本物の神様はもういない。今の疫病はこの悪神の影響だ。放置すればもっと状況がひどくなる」

ぞっとした。水平京の内裏に祀られているのは偽の神。民は長年騙《だま》されているということである。

「それと私が藤花妃争に参加することと、一体どう関係があるの?」

すみれは声を潜めて聞く。

「悪神は内裏の地下に祀られている。つまり、悪神と相まみえるには内裏に入る必要があるんだよ。だけど、源内氏のような貴族であっても神に謁見することは容易じゃない。本来、帝の直系しか直接会うことを許されていない存在だからね」

確かに、次期帝である東宮の妃になれば、いずれ内裏には入れるだろう。けれどまだ納得のいかない点がある。

「それって、たとえ勝てたとしても、妃になった私が入れるだけであなたは入れないんじゃない？」

「俺は〝懐刀《ふところがたな》〟として君に同行することで内裏に入る」

「……懐刀？」

　突然出てきた知らない単語に眉を顰《ひそ》めると、貴月が続けて説明してくれた。

「懐刀っていうのは、藤花妃争に同行する護衛のことだよ。大抵はその家の護衛の一族の中から最も優れた者が懐刀として選出されて、儀式中姫を護衛する。もし自分の守った姫が東宮妃として選ばれれば、懐刀も内裏に入ることができるようになるんだ」

　すなわち、今回すみれは源内氏を代表する姫として藤花妃争に参加し、その間貴月が懐刀としてすみれを守るということらしい。儀式で勝ち進み内裏に入ることができれば、疫病の原因となっている悪神に会うことができる。

　すみれはしばし考えた。

　疫病にかかる民は日を追うごとに増え続けており、この悲田院でもその全員を受け入れることが難しくなっている。一度かかれば悪化するばかりで治ることがないため、誰も帰すことができないのだ。

　もし貴月の言うことが本当なら、悪神にいいようにされている状況を放っておくわけにはいかない。母のことも思うと、すみれには十分に参加する理由がある。

しかし、まだ突然現れたこの男、貴月への不信感が拭えない。

「まだあなたのことを信用できない。偽の神がどうこうっていうのも、真偽を確かめられないじゃない」

すみれの訝《いぶか》しげな反応に貴月はうーんと首を捻《ひね》って考える素振りを見せた後、ふと思い付いたように自分の袖を捲《まく》った。

――その腕の皮膚からぼこぼこと水が浮かび上がった。その水は奇声を上げながら形をなし、気味の悪い異形のようなものとなって大きさを増していく。

こんなものは見たことがない。悪寒がして咄嗟《とっさ》に調伏しようとしたが、異形はびくともしなかった。

ただの物の怪ではない。もっと力の強い何かだ。それも、すみれが調伏できない程強力なもの。思い当たるとしたら……。

「……神様？」

おそるおそる問いかけると、貴月はぱちんと指を鳴らして言った。

「正解。これはさっき言った悪神の子だよ。物の怪を引き寄せやすいのは俺が悪神の子に寄生されているから。悪神の強い力に引き寄せられて、昔から色々寄ってくるんだよね」

貴月が袖を戻せば、どろどろの水でできた異形のようなもの――悪神の子は、貴月の体内に吸収されるかのように消え去っていった。

すみれはその腕をじっと見つめる。

「……そんな体質で、よくここまで生きてこられたわね」

「取り憑《つ》かれてるわけじゃなく、寄生されてるだけだからね。この子は未熟な神の子だから、俺の栄養がないと生きていけない。だから俺の意志に従って動いてくれることもあるんだ」

つまり、物の怪を引き寄せてしまっている悪神の子供自身が、引き寄せたその物の怪を追い払ってくれることもあるということだろうか。

少なくとも、彼に寄生しているものが神と表現できるほど強力でおぞましい存在であることは、すみれのこれまでの祈禱《きとう》師としての経験が肯定していた。

「つまりあなたも……自分に子を寄生させて厄介な体質にした悪神を憎んでいて、内裏に入るために私を東宮妃にしたいってこと？」

「ああ。重要なのは君が東宮妃になること自体じゃない。その立場を利用して内裏に入ることだよ。儀式に勝って内裏に入ることができたら、後は好きにしていい。東宮妃なんて立場は君にとっては荷が重いだろ？」

ちょうど心配していたことについて言及され、すみれは内心ほっとした。

東宮妃というのは誰もが欲し、羨む立場だ。しかし、貴族でなく後ろ盾もないすみれが東宮妃になれば、周囲からの嫌がらせを受けることは想像に難くない。求められる役割も、これまでの人生で求められてきた事柄とは別種のものになる。そこだけが不安だった。だが、勝った後で辞退することができるというなら、それも大きな心配ではない。

しばらく熟考していたすみれは、ちらりと貴月に視線を向ける。

自分に寄生している悪神の子をどうにかしたい貴月は、直接悪神に会い、交渉を持ちかける必要があるという。すみれにこのような提案を持ちかけているのは貴月の背後にいる源内氏の意向というよりは、貴月個人の事情による単独行動によるものなのだろう。貴月はそれほど悪神に会いたがっている。

動機は理解できる。が、そんな重要なことに今日初めて出会った女を巻き込むだろうか？

貴月の言動は、思いつきで言っているというよりは、まるで最初からすみれに目を付けていたかのような――。

そこまで考えてふと違和感を覚えた。悪神の子を操り、寄ってくる物の怪に対処しながらこれまで生きてこられたというなら、さっきも自分で追い払えたのでは、と。

「……あなた、まさかとは思うけど私の術の実力と度胸を試すためにわざとあそこに倒れてたんじゃないわよね？」

「さあ。どうだろうね？」

にっこりと笑いながら惚《とぼ》けられ、やはりと納得した。

すみれは悲田院での調伏のため日々忙しく、健康体の人からの面会は全て断っている。とはいえ、目の前に人が倒れていたら、祈禱師として放っておけない。

（……食えない男）

彼はすみれを利用するつもりで近付いたのだろう。

利害が一致しているのならそれでもいい。こちらも利用してやるという気持ちで、すみれは貴月の誘いに乗った。

安易に水龍のことを打ち明ければ混乱を招くと思い、悲田院にいる僧侶や針師達にはっぴきならない事情がありしばらく悲田院を離れなければならないとだけ伝えた。急に遠出するなどよほどの事情と捉えられたのか、彼らは心配そうにすみれが荷物を纏《まと》めるのを手伝ってくれた。母のことが気がかりだったすみれに、一人の僧侶が「これまですみれ様に助けられてきましたから、ここは私どもにお任せください」と頼もしい言葉までくれた。

悪神が原因の疫病に調伏術が効かない以上、すみれがここにいてもできることは少ない。悲田院のことは彼らに任せ、しばらくは藤花妃争に専念しようと思った。

貴月が言うには、万一この度の儀式で東宮妃の座を勝ち取っても、内裏に入った後、正式な東宮妃になる儀式が行われるまでにはしばらくの準備期間がある。その期間内であれば、病にかかったなどの理由をつけて内裏から下がることも許されるだろう。

正式な決定の前に悪神を倒し、この悲田院に戻ってくればいい。そのためにも今は全力で、藤花妃争で勝ち進むことを目指そうと思った。

◆

すみれは藤花妃争が始まるまでの間、貴月に指示されて何度か源一門の屋敷《やしき》に通うことになった。

貴族の屋敷に入ることなど初めてで最初は緊張したが、源一門の人々は庶民のすみれにも分け隔てなく接してくれた。

術の強さが最も重要とはいえ、藤花妃争では家柄や美貌、教養など他の要素も併せて総合力で競うことになる。

すみれは家柄という弱点を補うため、源内氏の遠縁の娘だがこの儀式のために源内氏の養子となったという体で参加することになった。

庶民のすみれにとって宮中や貴族社会はまったくの知らない世界である。他の姫と並んで見劣りしないよう、屋敷にいる女性達からは一通りの姫君教育を受けた。護衛の一族である源一門は代々源内氏の教育係も兼ねているらしく、貴族女性の教養とされる和歌や音楽、手習いに造詣の深い女性が多くいた。

教育を受けている間、誘った本人であるはずの貴月は一度もすみれの前に顔を見せなかった。

強引な方法でこちらを巻き込んだくせにすみれのことは全て人任せである。やや文句を言いたい気持ちもありつつ、教えてもらう場を用意してもらっている立場なので黙って日々教養の習得に励んだ。

貴族の教養とされている分野の中でも、特に音楽を奏でることには苦労した。琴だけは人生で一度も触れたことがない。寝る間も惜しんで琴の練習をする日々が続いた。

逆に、和歌や文字に関しては、母が元気だった頃に軽く教わったことがあるので、琴ほどは苦労しなかった。

そんなすみれの様子を見て、源一門の女性達はなぜか不可解そうな顔をしていた。

「すみれさんは、文字がとても美しいわ。どこかで習ったことがあるの？」

「はい。昔母上に教わったことがあって……」

「……お母上に？」

目を見合わせて首を傾《かし》げる彼女達に、変なことを言ってしまっただろうか、と少し不安になった。

すみれは幼い頃のことをあまり覚えていない。昔三日三晩高熱にうかされたことがあり、それ以前の記憶がぼんやりしている。母に教わったというのも頭が勝手に作り変えた思い出で、実際は違っているかもしれない。

すみれがどう説明しようか悩んでいた時、

「すみれの姫さん」

御簾《みす》越しに源一門の別の男が声をかけてきた。

「貴月のことをよろしく頼む。あいつは自分のことを大事にしないから、儀式中も無茶をするかもしれない。あまり無理をしすぎないように言っておいてほしい」

こうして貴月のことに言及されるのは初めてではない。昨日も一昨日も、それぞれ別の人物がやってきて、同じようなことを伝えられた。

源一門の人々はなぜか、今回貴月が懐刀として儀式に参加することをひどく心配している。源一門は貴月を行かせることにあまり乗り気ではないようだ。

一方で、源一門が仕える源内氏は貴月を強く推薦している。一族に年頃の姫がいない彼らは、候補として立てられる姫を長年探していたらしい。そこに最も実力がある護衛の貴月がすみれの話を持ってきたので、一も二もなく飛びついたという。

いくら貴月の家族が反対しても、主従関係にある源内氏が命じれば応じるしかない。源一門の様子を見ていると、源内氏がその気であるがゆえに渋々貴月を行かせることにした、というように見える。

「……皆さん、なぜあれだけ貴月のことを心配しているのですか？」

男が御簾の向こうから消えた後で、すみれは教育係の女性達に聞いた。

彼女達は途端に顔を曇らせ、言葉を選ぶようにゆっくりと答える。

「貴月様は……その、お体が弱いので」

「それに、昔から無理をしがちな性格といいますか……一族の中でも彼は特に、懐刀として選ばれることに必死で、鍛錬ばかりして倒れたこともあるくらいなのです。彼は懐刀となるために重要な要素の一つである術を持たないので、術具を使えるようにならねばと焦っていたというのもあるのでしょうが……」

術具というものについてはここに来た時に軽く教わった。術を持たない者が術の代わりとして用いる、特別な力を持つ武器のことだ。雷の矢、生物を眠らせる香など、様々な種類があるらしい。

貴族の男で術を使えない者は、術具の使い方の習得を目指すのが一般的だという。

ただ術具を扱うことができるようになるには相当な時間と練習が必要だとも聞いている。術が生まれ持って身についている才能だとすれば、術具はいわば努力で手に入れる力のようなもの。それを習得するため、貴月は日々周りを心配させるほど鍛錬していたということなのだろう。

「それにしても貴月様は、努力の仕方が過剰なのよね。まるでいつも何かに追われているみたい……」

もごもごとあまりはっきりしない口調で話す彼女達のうち、一人が悲しげに呟《つぶや》いた。

「きっとあのお方は、すべてご自分の責任だと考えているのよ」

しん、と場が静まる。

責任？　と聞こうとする前に、他の教育係がすみれの質問を遮った。

「そんなことよりもすみれさんの手習いよ。今日の分が終わっていないでしょう」

まるで話をそらすかのように目の前の紙に集中させられる。

体が弱いというのは、物《もの》の怪《け》を引き寄せやすい体質のことだろう。しかし、責任というのが何のことかは、すみれには分からない。

(……何か隠している？)

何かあるのであれば知りたかったが、教育を受けさせてもらっている身で一族のことを根掘り葉掘り聞くのも失礼だ。

気になる気持ちを抑えたまま、短い期間の中で貴族としての教養を習う日々が続いた。

◆

宮中へ向かう当日は、青空に雄大な白い積雲が見える、やや蒸し暑い日だった。

この日のために源内氏が絢爛《けんらん》な唐衣裳《からぎぬも》を用意してくれており、それを身に纏《まと》うと、見栄えだけなら少し貴族になれた気がした。宮中へ持ち込む服飾や調度品などは源一門が用意してくれた。

宮中へ向かう牛車の中で、これほど色んな人の力を借りておいて失敗したらどうしよう……という不安がすみれを襲う。

しかしすぐに、弱気になってはいけないと考え直し、貴月が事前に集めたという藤花妃争の参加者の情報が書かれた一覧を見直して熟読した。

けれど、揺れ動く牛車の中だ。しばらくすると気分が悪くなってきて、すみれは読むことを一旦中断した。

「熱心だね」

その一部始終を見ていた隣の貴月がくっくっとおかしそうに笑う。

「勝たないと困るのはあなたもでしょう」

必死なのを茶化されたような気がして、むっとして言い返した。

「頑張ってもらえるのはありがたいけれど、張り切りすぎなくてもいいよ」

もう少し肩の力を抜いていいという優しい声掛けかと思い、素直に頷《うなず》く。

「君はただ、俺に従っていればいい」

けれど次に来た言葉は、余計なことはするなという釘《くぎ》刺しのようにも聞こえた。

外を覗《のぞ》けば、朱塗りの柱に支えられた南の正門が目に飛び込んできた。その圧倒されるほどの巨大さに、すみれはごくりと唾を呑《の》んだ。

水平京の中枢部である大内裏の周囲には、築地《ついじ》の大垣が張り巡らされている。外郭には合わせて十二基の門があり、その中でもこの正門は重要な門であるとされ、見た目も一段と格式高い。

牛車はゆっくりと大内裏の中へと入っていく。本来ならば一生入ることのなかったであろう場所だ。すみれはこっそりと牛車の物見から外を眺めた。

目の前に広がる光景は、庶民として悲田院で育ったすみれにとって、これまで目にしてきたものとはまるで別世界のもののようだった。

悲田院も広いと言えば広いが、貧しく身寄りのない人々が雑然とひしめき合う、冷たく荒れた空間でもあった。屋根は低く、壁には土と木が使われ、どこもかしこも傷みが目立っていた。それどころか日の光もあまり差し込まず、暮らしの匂いが充満し、湿っぽく閉ざされている。

それに比べて、大内裏の中に立つ建物の造りはどれも壮麗だ。

建物だけでなく、その周辺には途方もない広がりを持つ庭園がある。庭を楽しむための砂利道がつづら折りに延び、立派な石灯籠や小さな橋まで見えた。

この一部だけを切り取っても十分広く豪華だというのに、今回すみれ達が仮住まいをする大内裏全体はもっと広いらしい。

正門からまっすぐ向かった先には、政務や儀式の中心である大内裏の正庁、青堂院《せいどういん》が佇《たたず》んでいる。その西側に立つのが節会《せちえ》の宴《うたげ》や外国使節歓待などが行われる波楽院《はらくいん》だ。そのどちらもが何種もの荘厳な殿舎からなっており、近づきがたい印象を受ける。

そして、そのもっと先、最北にあるのがすみれ達の目指す場所――帝の御所である水《すい》涼殿《りょうでん》や後宮がある、内裏である。

ここに来るまでも大きいだろうと想像はしていたが、予想以上の広さだ。すみれは、やはり場違いな気がしてきて少しだけ帰りたくなった。

（……いや。ここで怯《ひる》んでどうするの）

しかしすぐにぶんぶんと首を横に振り、覚悟を決めて座り直す。

すみれ達の牛車の後方からは、また別の牛車が入ってきている。前方にもまた牛車があり、その先にも牛車があり――姫達を乗せた牛車は、先が見えないほどの列をなしている。きっとまだまだ来るだろう。

全国各地から集まった、総勢二百名の姫君達。彼女達もまた、己の使命を背負ってここへ来ている。すみれは母を治すために、その全員に勝たなければならないのだ。このような序盤で弱気になっていてはいけないと、深呼吸して気合いを入れ直した。

藤花妃争では、まずは参加者同士の顔合わせが行われる。

板張りの渡殿を進んだ先、集合場所として知らされていた区画の主殿には、既に多くの姫達とその懐刀が集まっていた。彼女達は部屋の両隅にずらりと一列に並んでいる。全国から術を持つ姫を召集しているとのことなので当然だが、広い殿内を埋め尽くすほどの人数だった。

張り詰めた空気だ。室内はしんと静まり返っており、衣擦《きぬず》れの音一つしない。

儀式の開始にあたって、これからこの場に顔を見せにくるであろう東宮は、上級貴族でもなかなか直接はお目にかかれない存在だ。特に現在の東宮は、元服してからはずっと地下に引きこもっており、ほとんど人前に現れないと聞く。そんな東宮を見ることができる唯一の機会に、姫だけでなく傍《そば》にいる懐刀達も気を引き締めているようだった。

貴月と二人で置き畳の上に座って姿勢を正し、目だけで周囲を観察する。

一部の有力な参加者の情報は事前に貴月に聞いている。どの人がどの姫だろうと様子を窺《うかが》っていると、すみれの横で他の参加者達がひそひそと何か話し始めた。

どうやら東宮の到着が大幅に遅れているようだ。

姫達も待ちくたびれたのか、一人が話し始めると徐々に声は色んな場所からするようになった。

「あそこにいるのって和泉《いずみ》氏の……」

「罪人の娘が宮中に戻ってくるなんて、恥知らずね」

噂話《うわさばなし》をする彼女達の視線の先を辿《たど》ると、貴族女性の中では珍しいほどに髪の短い姫がいた。髪は肩にかかるかかからないかくらいの長さしかない。その代わり、切れ長の目やきめの細かい白い肌が目を引いた。控えめに言っても美人の部類だ。

その隣に座っているのは不気味なほどに痩せ細った女性の懐刀。貴人護衛の家系で活躍しているのは比較的男性が多いため、この中では少し浮いている。見た目からはそれほど強そうには見えないが、懐刀としてこの場にいるということは彼女も相当な実力者なのだろう。

「聞こえてますよ、高貴な姫様方」

和泉氏の姫が噂話を遮るように、高らかな声で言い放つ。

「来て早々に私のような取るに足らない下級貴族の悪口に花を咲かせるなんて、さすがは食って寝て遊んでばかりのお姫様だ。毎日人様の噂話くらいしかやることがないのだろう」

その言い草にぎょっとしたのはすみれだけではないようで、言われた当の本人達は目を見開いてわなわなと震え出す。

「落ちぶれた家の姫のくせに、この私になんてことを!」

「悪いね。長年流刑地にいたものだから、都にいる矮小《わいしょう》貴族のことなんて知りやしないんだ。はて、あなた様の名前は何と言うのかな」

和泉氏の姫が己を知らぬことに腹を立てたらしい姫が、勢いよく立ち上がり腕を振り上げる。しかし、和泉氏の姫はいとも容易《たやす》くその細い腕を摑《つか》み、馬鹿にするように薄く笑った。

「いいのか？　華奢《きゃしゃ》なお姫様の腕なんて、私の術でへし折れるが」

あっさりと腕を摑まれた姫はぞっとした顔をして引き下がる。

和泉氏の姫はふんと鼻を鳴らしていた。

「……あれは？」

隣にいる貴月に顔を寄せてこそっと説明を求めると、貴月はすぐに解説してくれた。

「菖蒲《しょうぶ》という名の姫だね。怪力の術を扱うことで有名だ。和泉氏は元々大きかったけど、父親の罪で一族全員が流刑にされてからは大した後ろ盾もない。警戒するほどじゃないよ」

あの気の強さも、そのような過酷な環境で育ったがために身に付いたものなのだろうか。すみれの中にあるお淑《しと》やかな〝姫〟の像とは異なる雰囲気を放つ菖蒲に、すみれは目を奪われた。

「ひやあああっ」

その時、部屋の入口付近で大きな悲鳴を上げた別の姫がいた。赤みがかったふわふわの癖っ毛が特徴的だ。

彼女はわたわたと逃げるように地面を這《は》い、懐刀らしき少年の衣の裾を不安げに掴みながら、泣きそうな顔で上を指差した。

「い、いるっ、そこにっ、化け物っ」

彼女の真上、天井に、確かに怨霊が張り付いている。

しかし、低級怨霊はほとんどの人には見えない。彼女は見える側のようだが、周囲の姫達や懐刀の目には何もない所を指して怯《おび》えている彼女が不審に映ったらしかった。

「何を奇っ怪なことを」

「あれは鶴丸《つるまる》氏の卯《う》の花《はな》姫ではないかしら。注目を集めたくて騒いでいるのよ、きっと」

――鶴丸氏。元々上流貴族の二大派閥のうちの一つだったが、現在最大勢力となった清《せい》華《が》氏に先を越され、やや斜陽化している一族だ。

卯の花は周囲から受けた発言に落ち込んでいるのか、泣きそうな顔で俯《うつむ》く。勝ち気な菖蒲を見た後では、少し頼りなげな印象を受けた。

（……あのお姫様、どうやら怨霊がしっかり見える体質みたいだけど……高貴なお姫様として守られてきたせいで、ここまで大きなものは見たことがなかったのかもしれないわね）

天井にいる怨霊はそこまで強くなさそうだ。放っておいても影響はない。しかし、怯えて震える卯の花のことは見ていられなかった。

すみれは立ち上がってゆっくりと前に進み、卯の花とその懐刀を庇《かば》うように手を広げて怨霊を見据える。怨霊はすみれにぎょろりと目を向けた。目が合ってしまえばこちらのものだ。手印を結んで調伏する。

「――怨霊よ、我に従え」

怨霊の体が不自然に固まり、次の瞬間にはすみれの元に落ちてきた。

「速やかに此《こ》の場を去り、再び現れることなかれ」

怨霊はべたついた手足でばたばたと大きな音を立てながら外へ出ていく。すみれはふうと溜《た》め息《いき》を吐き、「もう大丈夫よ」と卯の花達を振り返る。卯の花と、卯の花に衣の裾を摑まれている懐刀の少年は目を丸くしてすみれを見上げていた。

すみれにとってはただ怨霊を従わせただけなのだが、周囲は俄《にわか》にざわめき始める。

「あれは、調伏術……？　物《もの》の怪《け》を操れるということ？」

「つまり、いつでも物の怪を取り憑《つ》かせて人を呪い殺せるということじゃない」

「なんて野蛮な術なの」

見える者達にはすみれが今何をしたのかよく分かったらしく、怯えるように衣の袖で口元を隠し震えている。

（……いつも、最初はこうなるのよね）

悲田院への貢献を継続してきた今だからこそ祈禱《きとう》師として市井で受け入れられているものの、最初はむしろ人に物の怪を取り憑かせて病を引き入れているのではと疎まれていた。すみれの母が悲田院を建てた内麻呂《うちまろ》と古い知り合いだったおかげで何とか追い出されずに済んだが、最初の扱いは酷《ひど》いものだったのだ。

大丈夫だ。慣れている。

姫達の言葉に黙って耐えながら、膝行《しっこう》して自分のいた場所に戻ると、そこに座る貴月が凛《りん》とした声で言い切った。

「お言葉ですが。こちらの源内氏を代表する姫君、すみれ様は長年悲田院に通い、調伏術を用いて貧しい者を病から救ってきました。調伏術で人を救いこそすれ、術を悪用するようなお方ではございません」

すみれは予想外の助け舟に驚いて顔を上げた。

姫達の注目が発言をした貴月に集まる。口を挟まれた姫達の方をおそるおそる振り向くと、なぜかその場にいる多くの姫達の頬が赤く染まっていた。

「あの見目麗しいお方は誰……？」

「源内氏専属の護衛、源一門のお方よ。美しいと都でも有名な」

彼女達は貴月の外見に見惚《みと》れているらしい。今度は貴月が罵倒されるのではとひやひやしたが杞憂《きゆう》だったようだ。顔が良いことは便利である。

騒ぐ姫達を、懐刀が後ろから小声で窘《たしな》めている。

「姫、おやめください。これから藤花妃争が始まるのですよ？　姫は東宮妃になるべきお方です。他の男に見惚れるなどあってはなりません！」

ごもっともである。特に家名を背負ってこの儀式に参加している高貴な姫様方は、東宮妃となれたら家の力も強まるだろう。藤花妃争はお遊びではない。貴族達の陰謀が渦巻く勢力争いの場なのである。

しかし、一部の姫達にはまだ子供と言っていいほど幼い者もおり、彼女達には家を背負っているという自覚があまりないのか、きゃあきゃあと未《いま》だ貴月の美貌を褒めそやしている。

「――お静かに」

その時、場を制する力強い声が主殿に響き渡った。

そちらを見れば、声の主は小柄ながら一際気品のある姫だった。季節に合った花橘《はなたちばな》の襲《かさね》色目をした唐衣裳《からぎぬも》を身に纏《まと》い、艶《つや》やかな黒髪を絵元結《えもとゆい》で結んでいる。

「いつ東宮様がお見えになるか分からない時分だというのに、いつまでくだらないことで騒いでいるのですか。藤花妃争の参加者としての自覚を持ってください」

彼女が誰なのか、説明されずとも伝わってくる。あれが帝《みかど》と最も結び付きが強い、貴族の最大勢力である清華氏の姫、鶯《うぐいす》だろう。置き畳の厚みや華やかな畳縁の柄からも、彼女の身分の高さが窺える。

清華氏は帝の外戚となることで事実上の最高権力を握っている。以前は鶴丸氏と競い合っていたものの、代々娘を藤花妃争に勝たせ入内《じゅだい》させることで朝廷の上層を独占し、鶴丸氏とは差を付けたらしい。

そんな高貴な家柄の生まれである鷺の言葉で場は静かになり、長い長い時間が流れた。


日が傾き、ほととぎすの鳴き声ばかりが聞こえる頃、廂《ひさし》の外で待機していた女房が知らせにきた。

「左大臣様がお見えです」

――左大臣、清華内麻呂《せいがのうちまろ》。鷺の父親だ。

その場にいる全員が恭しく頭を低くして内麻呂の言葉を待つ。

「惟史《これふみ》様がいなくなった」

短くなされた状況報告に、姫達が聞き間違いかと頭を上げた。

惟史というのは東宮の名である。これから藤花妃争が行われるというのに、東宮がいなくては意味がない。すみれももちろん、内心戸惑った。

「どういうことですか。儀式はどうなるのですか」

「いなくなったというのは一体？　東宮様自ら儀式を放棄したということですか。それとも、まさか、誘拐……？」

当然、この日のために長い時間をかけて事前準備を行ってきたであろう姫達や懐刀が黙っていない。

怒りを露《あら》わにする彼女達に、内麻呂は顔色一つ変えずに淡々と命じた。

「東宮様のお姿が見えなくなったのはつい先ほどのことで、今はまだ調査中だ。明朝、またここに集まるがよい。今言えることはそれだけである。質疑は受け付けけん」

内麻呂は冷たい声でそれだけ告げてさっさと主殿を出ていってしまう。彼自身も予定外の事態に苛立《いらだ》っているのが遠目に感じ取れた。

しかし、たったあれだけの説明では参加者達は不安に思うだろう。

(内麻呂様……母上の古い知人だと聞いているけれど、まるで作り物のような、人情を感じない人だわ)

あの悲田院を作り、旧知の仲である母、そしてすみれの働き口を作った人である。母のような身分の低い者にも慈悲を与えるくらいなのだから、さぞ人思いで優しく親しみやすい方なのだろうと勝手に想像していたすみれは、予想外の内麻呂の態度を恐ろしく思った。

藤花妃争の参加者には、寝泊まりするための小さな殿が与えられる。

すみれの殿にも、小規模ながら花後の梅の木のある庭と、塀に囲まれた寝殿と、渡殿で繋《つな》がれた東の対が建っていた。

対の屋は東にのみあるようで、懐刀はその東の対で寝泊まりをするらしい。

しかしその前に、今日の急な展開について話し合いたく、すみれ達は一度寝殿の母屋に集まることになった。

母屋の中央に煤《すす》けた白地の四尺几帳《きちょう》は用意されていたので、そこを境目として右側に貴月が、左側にすみれが腰をかける。

貴月は先程から真剣に考え事をしている様子で、ずっと黙っている。

東宮である惟史の不在は、貴月にとっても計算外だったのだろう。前代未聞の事態なのは間違いない。

もしもこれが本当に誘拐だった場合、藤花妃争の関係者だけでなくこの国にとっても大きな事件なのではないだろうか。

すみれは顔合わせの場での出来事を思い出し、ふと疑問に思ったことを呟《つぶや》く。

「それにしても、怨霊がいたのも妙《みょう》だったわね」

「妙って？」

几帳の向こうの貴月の影が顔を上げるのが分かった。

「東宮様がお見えになる予定だった場所よ？　魔除《まよ》けが施されていたはずでしょう。なのに怨霊が紛れ込むなんて不自然だわ。もしかしたら、誰かが意図してやったんじゃ……」

「ああ、それ？　俺がわざと悪神の子を出してちょっと寄せ付けてみたんだよね」

「は、はあ？」

「まずは目に留まるのが大事だから。あわよくば東宮様がいる時に君が活躍してくれないかなって思って用意したんだけど、まさか来ないなんてなぁ」

仰天して気を失いそうになってしまった。くらくらする頭を押さえながら、几帳の綻びから貴月を睨《にら》む。

「あなた正気？　それでもし東宮様が危ない目に遭ったらどうする気だったのよ」

「人に危害を加えられるほど強い怨霊は寄せてない。君の力を見せびらかすにはちょうど良かったんじゃない？」

大層なことをやらかしておいて飄々《ひょうひょう》としているのが信じられない。すみれは強い口調で訴えた。

「そういう作戦だったなら先に言ってくれる？」

「言わなくても君なら助けるでしょ。外で倒れてた見ず知らずの俺を助けるくらいのお人好《ひとよ》しだし」

すみれの胸に、勝手な行動を取る貴月への不信感が芽生える。

「これからずっと協力していくのよ。そういうことは勝手にやらないで、二人で話し合ってから決めましょう」

少しの間、沈黙が走った。

腕を枕にして寝転がった貴月の深縹《こきはなだ》色の目がゆっくりとすみれに向けられる。

「君の術の強力さと勇敢さは信じてる。実際この目で見たからね。でもそれだけだ。俺は君の性質を把握した上で、俺のやりたいように君を動かす」

言われてようやく理解した。――貴月は、すみれ自身のことを信用していないのだ。

術が優秀であるというだけのよく知りもしない相手なのだから当然である。いきなり信用して頼ってくれというのも無理な話だろう。

それはそうなのだが、と口をもごもごさせていた時、――天井から逆さにぶら下がった物の怪がすみれの前に顔を出した。

「きゃあっ！」

物の怪には慣れているすみれだが、突然目の前に現れたのなら話は別だ。びっくりして腰が抜けてしまった。

慌てて調伏しようとする前に、すみれよりも早く立ち上がった貴月の体から悪神の子が出てきて、おどろおどろしい物の怪の首に嚙《か》み付《つ》いた。物の怪はアァァと耳がぞわぞわするような叫び声を上げて逃げ去っていく。

すみれはその様を呆然《ぼうぜん》と眺めていた。

助けてくれた貴月はくっくっと低く笑いながら見下ろしてくる。

「きゃあ、か。可愛《かわい》い声も出せるんだね」

「……う、うるさいわね。あんなの一人でも追い払えたわ。急に出てきたからびっくりしただけで……」

「怖いのならそちらへ行って、同じ布団で寝てあげようか？」

からかうような声音でそう言って顔を覗《のぞ》き込まれ、馬鹿にされているようで腹が立った。

「結構よ！」

すみれはきっぱりとした声で言い返し、さっさと几帳の左側に戻って勢いよく布団を被《かぶ》った。


白々と夜が明けた。普段とは違う環境下であるためか、すみれはいつもより早い時間に目を覚ましてしまった。普段寝泊まりしている悲田院近くの古びた長屋のものよりは上質な布団に身を包んでいるはずであるのに、あまり寝た気はしなかった。

目を擦りながら上体を起こすと、明るい御簾《みす》の外、庭の池の水面《みなも》がぼんやりと輝いて見える。もう一度眠れる気もしなかったすみれは、そっと殿を出て簀子《すのこ》の上を進み、庭に続く階段を下りた。

石橋や築山などの人工的な要素が自然と調和し、その美しさを引き立てている。全体はこぢんまりとしているものの、参加者に与えられる殿にはその一つ一つに庭が付いているようだ。

昨日の主殿での張り詰めた空気を思い出すと、このように緊張を和らげてくれるような自然の美が身近にあることを有り難く思う。

他の姫達も皆、生まれ育った屋敷《やしき》を離れて、これからこの宮中で懐刀とたった二人で戦わなければならない。一人一人に息抜きのできる庭を用意しているのは、藤花妃争を主催する人々の、参加者達への気遣いのように感じた。

ぼんやりと庭を眺めていた時、高い塀の外で誰かと誰かが言い争っている声が聞こえてきた。

門を少しだけ開いてその隙間から覗き込めば、そこにいたのは鶴丸氏の卯の花と、和泉氏の菖蒲だった。

元二大貴族のうちの一つである鶴丸氏と、流刑され落ちぶれた貴族である和泉氏ではかなりの身分差がある。そんな二人が朝方から集まって何を話しているのだろうと少し気になった。

しかも、一方の卯の花の傍《そば》には懐刀がいない。

すみれはしばらく不思議に思いながら卯の花達の様子を眺めていたが、彼女達は自分を見ているすみれには気付かぬまま、すぐにそこから立ち去っていってしまった。

召集がかかったのは、予告されていた朝ではなく、太陽が空の真上に浮かぶ昼過ぎだった。非常事態であるため、さすがの内裏も結論を出すのに時間がかかったのだろう。

貴月と共に、昨日と同じ主殿へ向かう。

昨日とは異なり、参加者達よりも先に左大臣の内麻呂が主殿の中心に座っていた。その周りにはずらりと立烏帽子《たてえぼし》を被った赤い狩衣《かりぎぬ》姿の男達が並んでいる。

おそらく彼らは、内裏の物《もの》の怪《け》討伐部隊だろう。後宮には様々な怨念が集まる。帝《みかど》の側室が他の女の生霊に殺されたという話もあるくらいだ。内裏の治安維持のためには、あのような物の怪退治専門の武装集団が必要なのである。

姫達が全員集まったことが知らされると、内麻呂はゆっくりと口を開いた。

「昨日伝えた通り、惟史様は不在だ。何者かに攫《さら》われた」

場は静かだが、多くの者が驚いて顔を上げるのが分かる。

内麻呂はさらに淡々と続けた。

「討伐部隊による捜索を引き続き行いつつ、藤花妃争は続行する。通常通り、参加者が宮中で過ごす様子を観察し、誰が東宮妃に相応《ふさわ》しいかを諮《はか》るとともに、惟史様を見つけた者を有力な東宮妃候補として扱い、儀式中惟史様と接する機会を多く設けることにする。一刻も早く惟史様を見つけるため、君達にはその強力な術を利用してもらいたい」

内麻呂の言葉を遮らないようにとそれまで黙っていたある一人の懐刀が、辛抱ならないといった表情で疑問を口にする。

「そんな……そもそも東宮様は宮中にいるのか？　誘拐ということなら、とっくに都の外に連れ出されているのでは」

すぐに物の怪討伐部隊の一人が一歩前に出て補足した。

「東宮様が護身用に常に身に着けていた水龍様の鱗《うろこ》の気配が近くにあるため、東宮様は未《いま》だ大内裏のどこかに在らせられる可能性が高い。また、東宮様が最後におられた内裏の水明院で物の怪の気配がしたことから、犯人は人ではなく物の怪である可能性もある」

途端に、他の懐刀達が次々と文句を投げ始めた。

「物の怪の仕業なら、捜すのはお前達の仕事ではないのか？」

「自分達が惟史様を見つけられないからと、我々に押し付けるつもりか」

「貴様らがきちんと東宮様の御座所を見ていないから魔が寄ったのだ！」

大人しくしていた姫達からも次々に非難の声が漏れる。

「こんなこと、予定にありませんわ」

「討伐部隊でも見つけられないのに、私達に見つけられるとはとても……」

不安げに顔を見合わせる姫達。東宮がいないのであれば儀式は中止だろうと予想していたすみれも突然の展開に困惑し、黙り込むことしかできなかった。

そんな中、主殿内の騒ぎを一声で静める者がいた。

「——私は賛成だ」

凛々《りり》しい和泉氏の姫、菖蒲だ。

「東宮を見つければいい。その方が単純明快じゃないか？　ただでさえこの儀式は毎度やる前から結果が見えているきらいがある。宮中で働く者達から得る人望、東宮からの寵《ちょう》愛《あい》……どちらも、普段から帝と繫《つな》がりがあり後ろ盾もある貴族の方が圧倒的に有利な戦いだ。たとえば清華氏。余程の事がなければ今回の勝者はあなた様だろう、鶯姫？」

参加者達の父への罵倒を黙って聞いていた鶯の眉がぴくりと動いた。

「……聞き捨てなりませんね。それはわたくしが、家の力だけで藤花妃争に勝ち進む、実力のない姫だという意味ですか？」

「そこまでは言ってないさ。ただ、自信がなけりゃ早めにその権力を振りかざしてお父上である左大臣様に頼んだ方がいいよ。通常の方法で儀式を進めてください、ってな」

毎度の事ながら、あの清華氏の姫を相手によくあのような口を利けるものだ。すみれが菖蒲の堂々とした物言いに呆気《あっけ》に取られていると、——なぜか一瞬、鶯がすみれの方を見たような気がした。

そして、ぎりっと奥歯を嚙み締めたかと思えば、菖蒲に向き直って言い放つ。

「いいでしょう。わたくしも東宮様を見つけ出した者を有利にするという案に賛成です。元より父上のご意向に反対する気もありませんし、神聖な儀式の時期が延びるのは水龍様もお望みではないでしょう」

　この場で最も身分の高い鷲が賛成してからは早かった。それまで断固反対という雰囲気だった他の貴族達も早々に意見を変えて賛成に転び、この度の藤花妃争を有利に運ぶにはまず東宮を見つけなければならないことが決定した。

（大変なことになってきたわね……）

　ちらりと隣の貴月を見れば、彼はなぜか機嫌良さそうにしている。

「この展開、俺達にとっても好都合だね。もし本当に物の怪が原因なら君の術もより役に立つだろうし」

「何を不謹慎な……。東宮様が攫われているのよ？　あなた、勝つことしか考えてないの？」

「うん。俺は勝つことしか考えてないよ？」

　悪びれることもなく返事され、すみれは怪訝《けげん》な顔をしてしまった。

　貴月はまるで、東宮の身の危険などどうでもいい、内裏に入れたらそれでいいというような態度である。

　すみれは貴月の思惑が読めず戸惑いながらも、その整った横顔をただ眺めていた。

第二章　菖蒲と刀

参加者達が方針の変更に表向き納得したのをいいことに、すぐに解散を命じられ、すみれ達もひとまず殿に戻ることになった。

一部の姫達は浮かない顔をしており、当初の想定と全く異なる展開に戸惑っている様子だった。もちろん、今後への不安に苛《さいな》まれているのはすみれも同じである。

「東宮様を見つけろだなんて、一体どうすれば……」

手がかりは東宮が消えた場所の情報のみ。

東宮がいなくなる直前までいたという内裏の水明院の中に入れたら何か分かるかもしれないが、その場にまだ物の怪の気配が残っているとも限らない。それに、厳重に警備されている内裏にそう簡単に入れるのならば苦労しない。

外では既に東宮捜しのため動き出している参加者もいる。すみれは焦燥に駆られ、居ても立っても居られず立ち上がった。

「ただでさえ広い大内裏の中を闇雲に捜し回るのは無謀だ」

しかし、母屋から出ようとするすみれの手首を、貴月《たかつき》がぱしりと掴《つか》んで引き止める。

「でも、早く捜しに行かなきゃ先を越されるわ。何もしないよりはいいでしょう。それとも、あなたには何か考えがあるっていうの？」

「東宮の方じゃなく、犯人を捜す方が早い」

「……犯人？」

焦っていたすみれは、貴月の意外な発言に驚いて聞き返す。

「普段物の怪の討伐を専門としている部隊が、知性を持たないただの物の怪に東宮様を奪われるとは思えない。高度な術を使って物の怪を利用した人物がいるんじゃないかな。それも狙い澄ましたかのように藤花妃争《とうかひそう》の頃合いだから、何らかの意図を感じるよね」

貴月の言う通り、物の怪というのは通常は理性を失っており、本来あまり賢くないものだ。確かに、討伐部隊を欺きその目を盗んで東宮を攫えるほどの知性はない。ということは――。

「参加者の中に、私のように物の怪を操れる術者がいるってこと……？」

物の怪を利用して東宮をわざと誘拐し、頃合いを見計らってさも自分がそれを見つけたように振る舞えば、大きな活躍となり、人々からの好感度も上がる。犯人が普通にやっていても勝ち目のない姫君であるならば、狙いとして有り得なくはない。

貴月は続けた。

「最も発言力があるであろう左大臣の内麻呂《うちまろ》様がわざわざ自分の娘に不利な条件を出して

くるなんてよほどのことだ」

「不利というのは……鶯《うぐいす》様の術が結界術だから？」

今回の藤花妃争での最有力候補である鶯の術の情報は、当然宮中に来る前に叩《たた》き込まれている。

すみれの記憶が正しければ鶯の術は、〝結界術〟と呼ばれる内と外を分ける術——外からの人の出入りや攻撃を防ぐ領域を作る類《たぐい》のものだ。攻撃や探索よりも防衛に特化した術である。

貴月はすみれの問いに頷《うなず》いた。

「その通り。鶯姫の術は今回の東宮捜しには向いていない。なのに内麻呂様は東宮を見つけた者を有利にすると言った。そうせざるを得なかったってことは、内麻呂様は東宮の発見をかなり急いでる。まるで、この誘拐によって起こる何かに警戒しているみたいだ。それこそ、ひょっとすると悪神も関係していたりするかもね」

すみれは再び黙り込んだ。手がかりの少ない東宮の居場所を見つけるよりも先に、犯人を当てることを目的にするというのは悪くない案だ。犯人とやらが本当にいるとしたらの話だが。

有名な姫はその注目度から術の情報が割れているが、無名の姫はまだ分からないことの方が多い。中にはすみれと似た術を持つ者がいるかもしれない。

「問題はどうやって探るかだよね。この辺りは参加者の個々の殿の位置を特定できないように迷路みたいになってるし、一人一人観察するならかなり日数がかかる」

「……それなら、上空から観察しましょう」

すみれは御簾《みす》を上げて空を見上げた。

ひょうひょうと不気味な鳴き声をあげながら、大きな怪鳥が空を飛んでいる。頭は猿、胴は狸《たぬき》、尾は蛇、手足は虎。鵺《ぬえ》という名の物の怪だ。すみれはさきほどから気配を感じていたが、誰も気付いていないということは鵺が意図的に姿を隠しているのだろう。鵺は、物の怪が見えない者からは不気味な黒煙のように映ると聞く。

すみれは自分の術を主に、人に取り憑《つ》いて病の原因となる物の怪を祓《はら》うことに役立ててきた。だが、それ以外の用途で利用したこともある。

すみれの調伏術は物の怪を使役できる。たとえば、怪我《けが》をして道端で倒れている人をすぐに悲田院《ひでんいん》に運ばなければならないという時には、鵺を調伏して運んでもらっていた。

「——此方《こなた》へ来たれ」

上空からすみれにぎょろりと目を向けた鵺が、殿の庭に降り立つ。大きな風が吹き、庭の梅の木の枝々が揺れた。

「世には色んな物の怪がいるものだね」

すみれの後ろに近付いてきた貴月が感心したように頷く。姿を隠した上級妖怪が見えていることに、すみれは驚いて振り返る。

「あなた、これが見えるの？」

「昔は人ならざる者の存在には鈍かったんだけど、悪神の子に寄生されてからはよく見えるようになった。俺もそちら側に近い存在になってしまっているということだろうね」

すみれはそれならば好都合だ、と思いながら鵺の背中の上に跨《また》がった。

「見えるなら乗れるでしょう。まずは誰がどんな術を持っているのかを調べて、怪しい者がいないか目星を付けましょう」

後ろに乗るよう指示すると、貴月は「へえ、これは頼もしいね」と少し可笑《おか》しそうに笑った。

鵺がすみれの命令で空高く飛び上がる。

上から眺めれば、東西南北に走る道路によって碁盤目状に分けられた区画がよく見えた。その整然とした構造の中で唯一、藤花妃争の参加者が住む区画だけが、迷路のように曲がりくねっている。鵺にもう少し低く飛ぶことを指示すると、それぞれの殿、庭がよく見えるようになった。

「いい眺め。君、これを生業《なりわい》にして稼ぐこともできるんじゃない？」

「物《もの》の怪《け》の上に乗りたいなんて言う酔狂な人はいないわよ……」

幼い頃、悲田院にいる孤児達に術を使ってこんなことができると見せてみたことがある。

孤児達は途端にすみれを物の怪と仲良くする異端児扱いした。それ以降、怪我人を見つけたなどの緊急時以外、物の怪を人前で利用することはやめてしまった。

物の怪の中には人に悪さをするものがいて、その印象から人々は物の怪全てが悪いものであると思い込んでいる。

すみれも人に悪さをする物の怪はよくないものだと思っているし、病の原因となる物の怪を見つければすぐに調伏して追い払っている。しかし、中には鵺のようにこちらが攻撃しなければ人を襲ってこない物の怪だっているのだ。

過去には、人が無力な低級怨霊に塩をまいて苦しめている場面を見かけたこともある。すみれは恐ろしいからといって何でもかんでも排斥するのは違うのではないかと思っているが、すみれのように物の怪を調伏できない身からすれば、何かあっても対処できない、得体の知れない見た目の存在というのは怖いものがあるのだろう。

「そう？　結構面白いと思うんだけどな」

だからこそ、屈託なく笑う貴月がすみれの目には奇妙に映った。物の怪を引き寄せやすい体質であるが故に、異形の見た目にも慣れているのかもしれない。

やむを得ない状況のため呼び寄せたが、最初は気味悪がられるだろうと予想していたので少しだけほっとした。

すみれと貴月は、その後しばらく上空からの観察を続けた。參加者達の住処《すみか》は母屋以外に屋根がないため、塀で囲まれた庭の様子などもよく見えた。

風を操る術を持つ姫、香りを放つ術を持つ姫、花を咲かせる術を持つ姫――様々な人物がいるが、いずれも東宮を捜すことは早々に諦めており、通常通り宮仕えをしている人々からの好感度を稼ぐため、術を見せびらかしているようだった。

「参加者の中に犯人がいるかもっていう考えに至ってるのは俺達だけみたいだね」

「まあ、突拍子もない発想ではあるものね……」

――その時、ひらりと一枚の短冊が空を舞った。瞬きをした次の瞬間、上空に大きな岩が出現する。その岩には、魔除《まよ》けの呪文が刻まれていた。

魔除けによって鵺が激しく暴れ出し、すみれは鵺の体から振り落とされる。――落ちる、と思いぎゅっと目を瞑《つむ》ったすみれの体に貴月が手を伸ばし、庇《かば》うように抱き締めた。

大きな音を立てて落ちた先は、もう使われていないであろう廃れた殿だった。

すみれは貴月が下敷きになってくれたおかげで無事だった。貴月は大丈夫だろうかと慌てて起き上がってその体を確認する。

床が大量の水で濡《ぬ》れており、貴月の腕からは水でできた異形がぎょろりと目を覗《のぞ》かせていた。どうやら咄嗟《とっさ》に悪神の子を操って衝撃を和らげたらしい。貴月にも怪我がないことにひとまずほっとする。

「……庇ってくれてありがとう」

「東宮妃を目指す君の顔に傷でも付いたら困るからね」

貴月は直衣《のうし》に付いた埃《ほこり》を払いながら上体を起こした。

そこですみれは、ふと妙に周囲が暗いことに気付く。顔を上げれば、外への出口が塞がれていた。

「出られない……閉じ込められてしまったわ」

母屋を囲むようにして大きな岩が配置されている。立ち上がって押してみたが、人の力ではとても動かせない重さだ。

貴月が億劫《おっくう》そうに後ろから歩いてくる。

「君、外から物の怪を呼び出せないの？」

「一度調伏した物の怪でも、姿を捉えずに操ることはできないのよ。私の目が届かない場所にいたら力を借りることはできない」

鵺はどこか別の場所に落ちてしまったようだ。目視できなければ呼ぶこともできない。

「なら、俺があの子を出すよ」

貴月が袖を捲《まく》って腕を出す。先ほどのように例の悪神の子を出してくれるのかと期待したすみれの目に、焼けただれた腕が映った。

――さっきはそのような見た目ではなかったのに。

驚いて動けずにいると、ふらりとその長身の体が揺れ、貴月が地面に膝をつく。すみれは咄嗟に駆け寄った。俯《うつむ》いた貴月の顔は汗ばみ、血の気がなくなっている。体調が悪いことが見て取れた。

「……この腕、一体どうしたの」

「大したことじゃないよ。連続で悪神の子を出そうとするとこうなる。悪いものを利用するならただで済まないのは当然でしょう？　呪いのようなものなんだから。こいつを出すたびによくないものが寄ってくるし、俺の身体《からだ》にも負荷がかかる。いつものことだから、退《ど》いて」

貴月の腕を支えるすみれの手を、貴月がもう片方の手で退かそうとする。しかし、すみれは動こうとする貴月のことをやや強引に押さえ付けた。

「――〝出てきてはならない〟」

まだ少ししか顔を出していなかった悪神の子を調伏して引っ込ませる。完全に姿を現せば最初のように反発されるだけだっただろうが、出てくる前に命じることで何とか術で抑え込むことができた。

「いいわ。悪神の子は使わないでいい。助けが来るのを待ちましょう」

「……は？」

「あれだけ大きな音がしたんだもの。誰か気付いているはずよ。異常事態だと思って様子を見に来てくれる人がいるかもしれない」

　貴月の力の利用に制限があるのは盲点だった。いくら悪神の子が強力でも、貴月の身体が限界を迎えたら意味がない――そう思って提案したのだが、貴月は吐き捨てるように言った。

「たとえ気付いたとしても、助けてくれるわけがない」

　その目の奥にはすみれへのわずかな苛立《いらだ》ちを感じた。

「この儀式では毎回参加者同士の蹴落とし合いが行われていて、多くの死者も出てる」

「え……？」

　信じられない気持ちで眉を寄せたすみれに、貴月は冷ややかな声で続ける。

「宮中で他の参加者達と馴《な》れ合《あ》って華やかに過ごすだけだと思った？　護衛の懐刀《ふところがたな》なんてものが一人一人に必要なのも、一部の姫達の間で殺し合いが行われた過去があるからだよ。さっきの岩も、他の参加者に狙われたんだろうね」

　姫達はそれぞれ家を背負っているのだから、必死になって当たり前だ。貴族達の思惑が絡み合う儀式であることは知っている。しかし、まさか生死までかけるものだとは。

「一番酷《ひど》かった時は、百人以上いた参加者が数人しか生き残らなかった年もあるらしい」

「……何よそれ。そんなの聞いてない。こっちにも心の準備ってものがあるの。そういう大事なことは先に言っておいてくれないと困るわ」

「それで君が怖気《おじけ》づいて来ないと言い出したら？　俺にとっては大きな損失だ。何年もかけて捜しても、君ほどの術者はいなかったんだからね」

すみれは咄嗟に言い返した。

「怖気づいたりなんかしない。こっちも母上の命がかかっているのよ」

「分からないよ。人っていうのは結局自分が大事だから。たとえ血縁があろうと自分の身や欲と天秤《てんびん》にかけたら見捨てる」

貴月がすみれを押し退けて立ち上がる。その顔色はまだ悪かった。

「そういうわけで、他の参加者の手は借りられない。俺のことは人ではなく君の駒として使ってくれていい。余計な気を回さないで、君は勝つことだけを考えて」

再び袖を捲った貴月の腕の痛々しさを見て、すみれはやはり駄目だとその反対側の手を摑《つか》んで止める。

「やめて。そうだとしても、他の方法を見つけましょう」

「……なぜ？　これが一番早いのに」

貴月の眉がぴくりと動く。不機嫌そうな彼に、はっきりとした声で言い返した。

「悲田院にいたから分かる。人っていうのは、案外簡単に死ぬのよ」

すみれがどうにかできるのは物の怪由来の病だけだ。どれだけ力を尽くしても、手から零《こぼ》れ落《お》ちるように呆気《あっけ》なく命が消えていく場面を幾度も見てきた。人は死んだら戻らない。

すみれはこの世で唯一、死だけが取り返しの付かない事象だと思っている。

「あなたに無理をさせ続けて死なれたら迷惑だわ。そうなったら、もともと姫君でもなんでもない私にここで何ができるというの？」

「この程度で俺は死なない」

「そんな保証はどこにもないでしょう」

睨《にら》み合うこと数秒。

直後——外から岩を叩《たた》き割《わ》るような、大きな物音が何度かした。大きな岩にひびが入り、がらがらと崩れていく。

砕けた岩の隙間から、唖然《あぜん》とするすみれの前に現れたのは——和泉《いずみ》氏の男前な姫君、菖蒲《しょうぶ》だった。どうやら、菖蒲が外から岩を殴って粉砕してくれたらしい。

「無事か」

後ろから太陽の光が差し込んでいることもあり、その姿は凛々《りり》しく、逞《たくま》しく見えた。

「……ほ、ほら。助けに来てもらえたじゃない」

言ったでしょう？　という気持ちで貴月に視線を送るが、貴月は警戒するような目付きで菖蒲を睨んでいた。

「何が目的だ？　なぜ俺達を助けた」

その声に、助けに来てくれた者に向けるものとは思えないほどに冷たい。

菖蒲はその態度に機嫌を悪くする様子もなく、にやりと笑う。

「何だ。話が早いな。お前達、さっき上空から姫君達の様子を窺《うかが》っていただろう。変わった物《もの》の怪《け》を使って」

「……見えたのですか？　鵺《ぬえ》は姿を隠すのがうまいのに」

「私じゃなく、こっちの懐刀──赤朽葉《あかくちば》が見える性質でね」

菖蒲の後ろに隠れるようにくっついている、細身の女性。顔は長い髪で隠れており、はっきりとは見えない。その顔にも腕にも、何があったのかと尋ねたくなるほどの数の切り傷があった。

ふと突然、赤朽葉がくらりと目眩《めまい》がしたかのように菖蒲に寄り掛かる。菖蒲がそれを支えるように背中に手を回した。

「ああ、申し訳ない。気にしないでくれ。赤朽葉は体が弱いんだ。長い時間陽の光に当たっていたから気分が悪くなったんだろう」

「体が弱いのに懐刀なんていう大役を……？」

懐刀には藤花妃争の間、参加者を守る役目がある。今のこの様子では、どちらかと言えば病弱な赤朽葉が菖蒲に守られているように見える。

ちらりと視線をやれば、菖蒲に支えられている赤朽葉がふにゃりと不気味な笑みを浮かべた。

「あたし、こう見えて、いざとなればこの身を張ってでも菖蒲姉様をお守りしますよ……？　菖蒲姉様のために死ねるのなら本望です。ふふ」

死んでしまっては駄目なのではないだろうか、と敵ながら心配になった。しかし当の本人である赤朽葉は何やら嬉《うれ》しそうにふふふと笑いながら死を語るので、何だか口を出しづらかった。

「まあ、そういうわけで。助けた代わりに、お前達が集めた姫君の情報をよこしな」

菖蒲に急《せ》かされ、少し悩む。菖蒲がいなければ殿からは出られなかった。最悪餓死していたかもしれない。命の恩人とも言える……が、少し疑ってしまう部分がある。

「鵺を落としたのはあなたではないわよね？」

菖蒲の遠慮のない話し方につられて、すみれもくだけた口調で聞いた。

すみれの問いに、菖蒲は意外そうにぱちりと瞬きをする。

「うん？」

「怪力の術であれば岩を私達の上に放り投げることだってできる。私達を意図的にここへ落として助けることで、交渉を有利にしているってことも有り得るでしょう」

あの岩は放り投げられたというよりは突然現れたように見えたので可能性は低いだろうが、念の為《ため》確認しておく必要があると思った。

すると、菖蒲が興味深そうにじぃっとすみれの顔を覗き込む。

「それは違うと否定させてもらいたいが、なかなか面白い視点だ。お前、昨日の所作からも思っていたが、源内《げんない》氏のお姫様じゃないだろう」

ぎくりとする。参加者として宮中に出す者は必ずその家の血縁者でなくてはならないというわけではないそうなので、悪いことをしているわけではない。しかし、菖蒲の全てを見透かすような目は居心地が悪かった。

「源内氏に年頃の娘はいないという話だ。今回源内氏は不参加であると他の貴族達の間でも噂《うわさ》されていた。そこへやってきたお前。本当はどこの家の者だ？」

「私は、源内氏の遠縁の娘で……」

すみれは咄嗟《とっき》に、言い訳のように事前に用意していた説明をする。

「ほう？　とすると、正式な姫ではないが、術を見込まれてこの儀式に参加したというわけか」

菖蒲はにやりと笑い、からかうような声音で言った。

「いいね。度胸がある。代理の姫が入内《じゅだい》することになれば歴史に残るぞ。まあ、入内の権利をくれてやる気はないがな」

ふふんと自信ありげに言った菖蒲からは、この場にいるのだから当然だが、勝利への執着が垣間《かいま》見《み》えた。誰もが認める上級貴族である鶯に楯突《たてつ》いていた時も思ったが、参加者の中でも彼女からは特に負けん気の強さを感じる。勝つためなら多少強引でも構わないというその姿勢は、貴月にも少し似ているかもしれない。

「君は、本気で和泉氏の再興を狙ってるってわけね」

すみれの隣にいる貴月が、億劫《おっくう》そうに溜め息を吐く。

言っていることがよく分からず菖蒲に視線を移すと、彼女は笑みを深めて答えた。

「もちろん。私達を陥れ、華やかな宮中から泥臭い離島まで流した他の貴族連中を見返してやりたい。そのためなら何だってする」

菖蒲の眼差《まなざ》しには並々ならぬ決意が漲《みなぎ》っていた。

当時宮廷で幅を利かせていた和泉氏が落ちぶれるきっかけとなった、菖蒲の父の流刑。

彼は政治の中心である大国殿《だいこくでん》に火を放ち、捕まって幽閉された後、流罪になり失意の中で死んでいったと聞いている。陥れたという言い方に違和感を覚えた。

「……陥れたというのは？」

「父上は罪人なんかじゃない。何者かに嵌《は》められたんだ」

菖蒲がきっぱりと言い切った。衝撃の事実に息を呑《の》む。

「そんな……一体誰に」

「父上は流刑が決定する数ヶ月前から様子がおかしかった。まるで呪いをかけられ、物の怪に取り憑《つ》かれたかのように……。加えて当時は政争の真《ま》っ只中《ただなか》。疑うなという方が無理な話だ。ただ、呪いをかけたのが誰かは分からない。私は、必ず宮中に返り咲き、そいつを見つける。そのためにここにいる」

菖蒲がぎゅっと拳を握り締めた。菖蒲には菖蒲の譲れない事情があってこの藤花妃争に参加していることが伝わってきた。

「……分かったわ。私達もまだ他の参加者の様子は少ししか見ることができていないから、役に立つかは分からないけれど……」

「――いや。だめだ」

今日探った姫の情報を与えようとしたすみれの言葉を、貴月が遮ってきた。すみれは驚いて振り返る。

「気持ちは分かるけれど、情報といったってたいしたことは分からなかったじゃない」

「こちらは助けてくれとは頼んでないよ。全てそちらの姫が勝手にやったことでしょ。それで俺達が何か与えるっていうのはおかしくない？」

「でも……」

折角助けてもらったのに、と申し訳なく思ってちらりと菖蒲に目をやると、菖蒲は貴月を見てなぜか不可解そうに眉を寄せていた。

「……どうかした？」

菖蒲はしばらく無言で貴月を凝視した後、首を横に振った。

「いや。私の知っているお方にそいつの綺麗《きれい》な顔がよく似ていてな。つい見すぎてしまった。気にしないでくれ」

彼女は貴月のような美丈夫を他にも見たことがあるらしい。

（こんな顔を持つ人が他にもいるなんて……）

世の中は広いものだと感心していたその時——菖蒲の頭上、壊れた屋根の上から、大きな岩が転がり落ちてきていた。

さっきすみれ達を襲った岩の残りだろう。

「——危ない！」

頭上に気付いていない様子の菖蒲の腕を引き、咄嗟に庇《かば》うように覆いかぶさる。目をぎゅっと固く閉じ、襲いくるであろう痛みを待つ。

しかし、すみれの予想していた衝撃はやってこなかった。

おそるおそる薄目を開くと、薄い膜のようなものがすみれ達の周囲を囲んでおり、落ちてきた岩は離れた位置に転がっていた。

「参加者同士で馴《な》れ合《あ》いをする余裕があるなんて、羨ましいことです」

背後から蔑むような声がする。振り返れば、昼間の唐衣裳《からぎぬも》ではなく外出用の壺《つぼ》装束を身につけた、小柄な姫君がいた。清華《せいが》氏の姫、鶯だ。布を垂らした顔を隠すための大きな笠を被《かぶ》っており、その下から美しい艶《つや》やかな黒髪が風に揺れていた。

一時その気品に見惚《みと》れてしまい、嫌味を言われたと気付くのが少し遅れた程だ。

鶯の後ろには、鶯より一回りほど年上に見受けられる懐刀が物静かに立っていた。

彼は清華氏を護衛する一族、華一門《はないちもん》の冬嗣《ふゆつぐ》という男で、描いた物体を生成する紙の術具を扱うという情報がある。

術具は扱いがかなり難しいと聞いたが、冬嗣はそれを容易に操り、あの清華氏の鶯の隣に立っている。宮廷で有名な歌人でもあり、鶯にも気に入られているらしい。

長い髪を一つに結び、柳色の狩衣《かりぎぬ》を身に纏《まと》うその姿は、さすが護衛の名門なだけあって優雅だった。ただ、目付きだけは妙に鋭く、何だか睨まれているようで居心地が悪い。

「……助けてくださって、ありがとうございます」

すみれはひとまず鶯の方に視線を戻し、少し緊張しながらもおそるおそるお礼を言った。このような身分の女性と直接言葉を交わすのは初めてである。

落ちてくる岩からすみれと菖蒲を守ったのは、おそらく鶯の結界術だろう。鶯がすみれと菖蒲に結界を張ってくれたおかげで岩とぶつかるのは避けられた。もし当たっていたら、二人とも大怪我《けが》をしていたかもしれない。

「助けたつもりはありません。さきほどおぞましい物の怪を上空で見かけたので、一体あれを使役する術者はどのような方だろうと、確認しにきただけです」

しかし、鶯はにべもなくきっぱりと言いきった。

「空をうるさく飛び回っていたあれは、あなたが使役しているものですね？」

「え、ええ……」

躊躇《ためら》いがちに肯定すると、鶯はふ、とすみれを嘲った。

「日頃から悪《あ》しき気と接しているのですね。その身で東宮様に近付けば、御身に悪影響を及ぼすのでは？」

その言い方には何だか棘《とげ》があった。

「今もどうやら危険に晒《さら》されていたようですし……さぞかし恐ろしい思いをなさったことでしょう。すぐに辞退されてはいかがです？　慣れない争いの場は辛《つら》いでしょう」

眉を下げ、すみれを憐《あわ》れむような口調で提案される。

「……いえ。少し空から落ちただけなので」

無理やり笑顔を作って何でもないように返すと、鶯の顔から表情が消えた。

「──あなたのような方にはここは場違いだと申し上げているのですが、理解できないようですね」

夏場だというのに空気が凍る心地がした。こうして直接対話するのは初めてだというのに、なぜこうも敵意を向けられているのだろう。昼間の様子からして、喧嘩《けんか》を売るのなら相手は菖蒲だろうに、菖蒲には目もくれずすみれに言葉を向けてくる。

何も言い返せずにいると、横の冬嗣が鶯に耳打ちした。

「鶯様。日が暮れてしまいますので、殿へ戻りましょう。特にあなたは狙われやすいお立場ですので」

その声は見かけによらず存外甘く、鶯を大切にしていることが感じ取れる。

「……仕方ありませんね。何の収穫もありませんが、今日のところはここまでにいたしましょう」

藤花妃争の最有力候補。ここが日常的に殺し合いが行われる場であるというなら、最初に狙われるのは鶯だろう。

鶯は冬嗣の提案を受けて歩を進め、すみれ達の横を通り過ぎていった。上質な、蓮《はす》の花を思わせる香の香りだけが場に残る。

鶯が去った後、すみれはようやく深く息を吸うことができた。

隣の菖蒲がうんざりした顔で言う。

「気にするな。清華氏の姫君は気が立っていて、誰にでもあんな感じだ。それにしても彼女も物《もの》の怪《け》が見えるとは羨ましい限りだな。鵺《ぬえ》というやつも私にはさっぱり見えなかったというのに。人ならざるものが一体どんな姿をしているのか、見えたら面白いのだろうが」

「あの迫力、少し怖かったわ……」

場違いであるというのはすみれ自身も分かっているが、あそこまで突っかかってこなくても、という気持ちもある。

「彼女は東宮様のことが本気でお好きらしいからな。今はほとんど地下に引きこもっていると聞くが、元服前は顔を見る機会もあった。一度見れば誰をも魅了するほど麗しいお方だ。鶯姫が惚《ほ》れるのも頷《うなず》ける。かくいう私も初恋は東宮様だったしね」

「……見たことがあるの？」

「幼い頃に少し。水の舞の儀に参加したことがあるんだが、彼の舞は素晴らしいものだったよ」

水の舞というのは、年に一度帝《みかど》の直系が水龍のために行う水の術を用いた剣舞を披露する場のことで、その舞はいかなる穢《けが》れも祓《はら》うと言われている。

本来術は血縁者だからといって同一になるものではなく、親と同様の術が子に伝わる家系は数が少ない。しかし、そんな中でも帝の直系は特殊であり、水を操る術が子の世代に代々伝わっている。水の舞はその特異性を活《い》かした儀式といえよう。

すみれのような身分の者に参加できる儀式ではないが、人生で一度は見てみたいものだ。

そんなことを思っていた時、急に横からがりがりと爪を噛《か》むような音がした。

「菖蒲姉様のお心を奪うなんて、憎たらしい、憎たらしい……呪ってしまいたい……」

音の主は菖蒲の懐刀である赤朽葉だった。鬼のような形相で自身の爪を歯で噛んでいる。

菖蒲がその手を取って言った。

「こら、赤朽葉。昔の話だ」

「本当ですか？　今はあたしがいちばん？　あたし、菖蒲姉様のいちばんがあたしでないと嫌です」

赤朽葉がぱっと顔を上げて菖蒲を見つめる。その暗い瞳は何とも不気味だった。

「ああ。お前が一番だよ。何があってもね」

「ふふ、ふふふ……ならいいのですが。必ずこの儀式に勝って、内裏で一生ずうっと一緒にいましょうね。菖蒲姉様。死んでも地獄の底で一緒です。ずっと」

菖蒲は慣れているのか、顔色一つ変えずに赤朽葉の髪を撫《な》でて落ち着かせている。

そこでふと、菖蒲の向こうにあるものが目に入ってきた。

薄暗く苔《こけ》むした部屋の奥。岩で壊れた屋根の隙間から、太陽の光が差し込んでいる場所がある。その下に、何本もの錆《さ》びた刀や長い槍《やり》が落ちている。

菖蒲がすみれの視線を追うように振り返り、ああ、と納得したように呟《つぶや》いた。

「ここは昔は武具蔵として使われていたんだろう。きっと槍や刀剣の保管庫だったんだよ。どうりで人が住んでいないと思った」

「武具蔵……」

聞き慣れない単語を繰り返しながら、すみれはその珍しさに惹《ひ》かれて奥へと進んでいった。

落ちたほこりや細かな土が、ここが長い間人の手から離れていたことを語っている。

　そんな中、静かに横たわっている一本の刀がすみれの目を引いた。

　刀身は鞘《さや》に納められている。鞘から引き抜くと、まだ使えそうだった。鍔《つば》は比較的大きめで、流水の文様と龍の彫刻が施されている。

「ほう、いい刀だな。護身用に一本持っておいたらどうだ？」

　後ろから覗《のぞ》き込んできた菖蒲が、からかうような声音で言ってくる。

「それもそうね。私、武器を持っていないし。どうせ使われないなら使ってあげた方が刀にとってもいいでしょう」

　菖蒲に言われた通りその刀を持って立ち上がると、菖蒲は一瞬ぽかんとした後、途端にははははっと軽快に笑った。

「冗談だったんだが。女が刀を持っていると本当に不格好だな！」

「え、ええ？　冗談だったの？」

「普通は姫君が武器なんて持たないものだよ。周りが持たせてくれないからね。……ふ、ふふっ、まあ、いいんじゃないか。お前なら似合うよ」

　本当だろうか？　と疑いの念を抱いたのは、菖蒲が肩を揺らして笑っているからだった。

　菖蒲はおかしそうに口角を上げながら空を見上げ、「ふう、そろそろ暗くなるな。帰ろう」と赤朽葉の肩を抱いた。

「……情報はいいの？」

結局助けてくれた恩返しを何もできていない。気を遣って問いかけるが、菖蒲はあっさりと手を引いた。

「いいよ。駄目元ではあったし、そっちの懐刀の君は、否《いや》が応《おう》でも情報を渡したくないようなんでね」

菖蒲が横目でからかうように貴月を見る。貴月は無言だった。

「今日はお前のような純粋な姫でない参加者と話せただけで満足だ。ここは箱入りの姫君だらけで誰とも気が合わないのでね。敵同士だが、これからよろしく」

去っていく菖蒲の向こうに夕日が見えた。夜が近付けば物の怪が増える。他の参加者達も皆、殿に戻る頃合いだろう。

和泉氏の菖蒲姫。強い野心を感じるにせよ、悪い人のようではなかった。

◆

「君はお人好《ひとよ》しすぎる」

殿の庭に戻った途端、貴月に説教のような声音で言われた。

「和泉氏の姫に情報をやろうとしたでしょう」

「だって、助けてくれたし……」

菖蒲が藤花妃争に参加している事情もなかなかのものだ。そんな中、敵であるすみれのことを助けてくれた。こちらが何もしなければ不公平だろう。

しかし、貴月はそんなすみれの態度が許せないらしい。

「他の姫の情報を欲しがってるってことは、向こうも惟史《これふみ》誘拐の犯人が姫達の中にいることを疑ってるよ。既に東宮捜しを諦めてる姫達よりも厄介だ」

「それはそうだけど……」

「それに、君は肝心な場面で俺が悪神の子を出すことを止めようとした。今後が思いやられるね」

「あれは単に邪魔をしようとしたんじゃなくて、あなたの体が心配だっただけよ」

「その心配がいらないって言ってるんだよ。俺は自分の体なんてどうでもいい」

何だかその言い方には腹が立ち、むっとして言い返す。

「そういうことを言うから源一門《みなもといちもん》の方々に懐刀としての参加を止められたんじゃないの？　源一門の意見も妥当ね」

「……家族のことは君には関係ないだろ」

母屋にも入らず、廂《ひさし》の外で言い争いを続けていたその時。

風が吹き、どこからか短冊が飛んできた。昼間に見たものと同じだ。薄暗い中目を凝らせば、その短冊に〝岩〟と書かれているのが見えた。

すみれははっとして短冊から距離を取る。次の瞬間、短冊が大きな岩へと変わり、すみれ達が立っていた簀子《すのこ》の上に落ちた。簀子がその重みで真っ二つに割れる。避けなければ下敷きになって怪我《けが》をしていただろう。――昼間と同じ術だ。

瞬時に貴月が立ち上がり、外に向かって弓を引いた。貴月の矢が、庭を立ち去ろうとする何者かの足を射る。すみれは外に走り出て追おうとするが、その場にいた何者かは既に走り去ってしまっていた。加えて人の顔が見えづらくなる黄昏《たそがれ》時だ。追いかけても誰かまでは分からないだろう。

すみれは何者かの血で汚れた庭から上がり、落ちてきた岩を確認する。岩には魔除《まよ》けの呪文が刻まれていた。筆跡が昼間見たものと同じだ。

――夕刻に会った鷺の懐刀、冬嗣の顔が頭に浮かぶ。冬嗣は術を扱えないものの、物体生成の術具を扱える。しかも、その生成に使用するのは紙だ。高級な短冊を頻繁に使用できている点からもますます怪しい。そんなことができるのは上級貴族専属の護衛くらいだろう。

「……私達を襲っているのは、鷺様なの……？」

すみれは戸惑いながら呟いた。

他の有力な参加者ではなく、貴族ではないすみれが執拗《しつよう》に狙われている。すみれ達と他の参加者達との違いは――東宮を攫《さら》った犯人捜しをしているという点だけだ。

「私達を狙うということは、鶯様が東宮様誘拐の犯人である可能性はない？　他の参加者を疑っている私達に目を付けて、真実を知られないように潰そうとしているとか」

殿の場所も、さっき会った時から跡を付けていれば特定できる。

鶯が犯人だ。すみれの考えは確信に近かったが、貴月は何やら引っかかっている様子だった。

「君の言う通り、これは冬嗣の術具だろうね。でも理由が不可解かな。元々上級貴族で最有力候補である清華氏の娘が、わざわざ東宮誘拐なんて大掛かりなことをする必要はない」

確かに目的は見えてこない。今回の藤花妃争は、順当に行けば鶯が勝利すると言われていた。それほど鶯の身分は高く、術も強力だ。

行方不明になった東宮を見つけたとなれば大きな功績にはなるだろうが、鶯に限ってはそこまでする必要性がないのだ。むしろわざと東宮を誘拐したことが発覚する危険性の方が大きい。

しかし、すみれの知る範囲で、こんなことができるのは冬嗣くらいである。

そう考えているのは貴月も同じであるのか、まだ腑《ふ》に落ちないようではあるが、ひとまずあの二人の様子を見ることを提案してくれた。

「犯人の足には俺が射た矢で傷が付いているはずだ。鶯姫の隣にいる冬嗣は、今後注意して見ておこう」

すみれは不安に感じながらもこくりと頷く。

幸い、貴月が目印と言えるものを付けてくれた。あの血の量、掠《かす》り傷では済んでいないだろう。もし本当に冬嗣が犯人であるならば、足を見れば一目で分かるはずだ。

「二度も襲ってきたんだ。今後また同じようなことが起こるかもしれない。人の気配がしたらすぐに呼んでほしい」

貴月はそう指示して弓を握り直し、東の対へと歩き出す。

すみれはあまりすっきりしない気持ちで彼の背中を見送った。さきほど言い争いをしてしまったこともあり、寝る前の挨拶をする気にもなれなかった。

己の体などどうでもいい、と言った貴月の発言がいつまでもすみれの胸に引っ掛かっている。

庶民の命が軽んじられるのは常だ。しかし、あの源内氏護衛の名門、源一門の男が言うにはいささか腑に落ちない発言だった。

(衣食住に恵まれていて、明日の命の心配をする必要もない育ちだったから、生きることに執着がないのかしら)

生き続けるだけでも必死だったすみれや悲田院の人々とは違い、貴月はあまりに簡単に、自らの体や命を懸けようとする。すみれはその態度に納得がいかなかった。

翌朝、まだ外が暗い内に目が覚めた。

弦音がする。まさか貴月はもう起きているのか、と驚いてそっと御簾《みす》を上げた。

薄《うっす》らと青白い空に朝月夜《あさづくよ》が浮かんでいる。

庭に立っている貴月は、真剣な表情で弓を引き絞っていた。既に矢が何本も的に当たっていて、長い時間練習していたことが窺《うかが》える。

（……あんな真剣な顔するんだ）

じっと見つめていると、その横顔と目が合う。盗み見ていたことを少し気まずく思いながらも、正直な感想を述べた。

「大した弓の腕前ね」

貴月が弓を下ろして淡々と答える。

「俺は術を持たないから、術具の扱いをうまくする必要がある。俺の術具は弓なんだ。一度弓で射た相手を追尾することができる」

前もって聞いてはいたが、本当に術を持たないのかと驚いた。思い返してみればここまで、貴月は悪神の子の力を利用する形ですみれを守ってきた。その力は貴月自身の術ではない。

（術を持っていないのに、一族で一番強い護衛じゃないと選ばれない懐刀に抜擢《ばってき》されるなんて……）

きっとそう簡単なことではない。裏には相当な努力の積み重ねがあったことだろう。彼はそれだけ、藤花妃争に参加したかったのだ。

——この貴月という男は、ただ命を軽んじているわけではない。

すみれにはまだ、貴月がどういう人物なのか分からない。彼はおそらくすみれにまだ大事なことを隠している。信頼しきれるかと言われればそうではない。けれど、これまでの言動から、この儀式に対して本気であることだけは痛いほどに感じていた。

菖蒲に本気になる理由があったように、彼には彼の、真剣になるだけの理由があるのだろう。そう気付いた時、すみれの貴月への見方が変わった。

貴月の腕はまだただれていて痛々しい。

すみれは静かに御簾を下ろし、部屋の隅に置いてあった荷物から、悲田院で少しだけもらってきた粉状に擂《す》り潰した薬草の袋を持ち上げた。母屋の外、湯殿の隣にある竈《かまど》に薪を運んでいると、すみれの存在に気付いたらしい貴月が弓を置いて近付いてきた。

「……何してるの？」

「私じゃ、その腕を完全に治してあげるってことはできないけれど……悲田院にいた頃、薬草の知識はいくらか教えてもらったの。これは痛み止めの効果があるものよ」

薬草の袋を見せると、貴月は少しの間黙り込んだ。そして、ゆっくりと口を開く。

「庶民にとって薬草は貴重なものでしょう。君、本当にお人好しだね」

釜を竈の上に置き、水を入れて火を焚《た》く。水面に小さな泡が底から立ち上るのを見つめながら、すみれはぽつりと言った。

「正直、あなたの己の身を軽んじる態度には腹が立つわ」

沸き上がる湯を見下ろしていたすみれは顔を上げ、貴月を見据える。

「でもそれだけ本気なのだということも分かる。だとしたら、あなたの力になりたい」

まずは歩み寄る努力をしなければ頼ってもらえないと思い、覚悟を持って貴月に手を差し伸べる。

「私のことを信じてくれとは言わないわ。出会ったばかりだもの。でも、私も本気で疫病をどうにかしたいと思っている。その思いだけは信じてほしい」

「…………」

「〝一緒に〟勝ちましょう。貴月」

けれど、貴月がすみれの手を取ることはなかった。

長年家同士の付き合いがある他の参加者達と比べれば、すみれ達は知り合って日の浅い即席の関係である。すぐに貴月に信じてもらって頼り合うというのは難しいだろう。その気持ちも理解できるので、貴月からの返事を急《せ》かすことはしなかった。

（……私の意思は伝えられた。今はこれでもいいわ）

源一門の女性達が言っていた通り、貴月は無理をしがちな傾向にある。彼が無茶をする前に頼れる人物が傍《そば》にいなくてはいけない。そして今、彼の傍にいるのはすみれしかいない。

もしできるのならば、利用し合うのではなく、協力し合うような関係になれたらと――そう思うのだ。

「……釜」

「え？」

「沸いて溢《あふ》れてるよ」

貴月の声にはっとして見下ろせば、湯がぼこぼこと激しく煮え立っていた。すみれは「あっ」と声を上げ、慌てて布を持って釜を上げる。

貴月はそんなすみれを置いて弓の練習に戻っていく。

「薬、準備できたら教えて」

釜を置いたすみれの背中に、意外な言葉がかけられる。

どうやら貴月は、すみれが準備した薬は受け取ってくれるつもりのようだった。

少しだけ頼ってもらえたような気がして、昨日からすみれの胸につっかえていたものが、緩やかに消えていった。

◆

貴月の術具である弓は、射た対象の位置を示す。すみれは貴月に連れられるまま、藤花妃争の参加者達の殿が集まっている区画の北方へ向かった。

辿《たど》り着《つ》いた先は、すみれに与えられている殿よりも明らかに大きく、造りもしっかりとした殿。分かりやすく贔屓《ひいき》されている。ということは、やはりここは藤花妃争の主催者とも繋《つな》がりの強い、清華氏の鶯の殿だろう。

外からでは様子が見えない。足を踏み入れようとした時、弾《はじ》き返《かえ》されるように体に痛みが走った。

鶯の結界術だ。殿自体が強力な結界で守られていて近付けない。

「ここまで広範囲に結界を広げられるなんて……敵ながらすごい術者だわ」

すみれは素直に感心してしまったが、隣の貴月は険しい表情をしていた。

「まいったね。結界術をどうにかできる物《もの》の怪《け》はいない。そもそも結界術っていうのは物の怪避けのために発展してきた術だ。悪いものを全て弾くようにできているから、おそらく悪神の子でも無理だろうね」

貴月の説明で状況の悪さを理解したすみれは、弓でどうにかできないかとも考えたが、鶯の結界が大きな岩ですら弾いた硬さであることを思い出して困り果てた。

「私達の力だけで結界を解くのは難しいわ。誰かの力を借りられたら……」

昨日見た姫達の中にこれをどうにかできるような術者はいなかっただろうか、とその場で思考を巡らせる。

しかし、貴月がすみれの提案を棄却した。

「この場所では全員が敵だ。協力関係なんて考えるべきじゃない」

でも、と反論しようとして、すみれは一旦口を閉ざした。

「……そう。なら、別の方法を考えましょう」

貴月が意外そうに見つめ返してくる。

「今日はやけに素直だね？」

「反省したのよ。昨日は確かに私も軽率だったかもしれないし、あなたの考えに歩み寄ることも必要だって」

「……ふうん？」

自分の考えを押し通そうとするばかりでは喧嘩《けんか》になるだけだ。すみれの中にも譲れない部分はあるにせよ、今後はどうしてもという時以外は貴月の意見も取り入れようと思い始めた。

〝一緒に〟と言ったのだから。

第三章　卯の花月夜

すみれ達はどうにか結界術を破れないかと試し続けたが、手の打ちようがないまま三日が過ぎた。

その間、他に危険なものはないかと殿の中を調べてみると、暗殺具が至るところにしかけられていた。鶯《うぐいす》はすみれを執拗《しつよう》に狙い、殺そうとしているようだった。

他の姫君達の術の情報収集も続けつつ、鶯達の殿の様子をうかがう日々だ。けれど、鶯の殿の周りはいつ見ても結界で囲まれており近付けない。

今日も広い大内裏を歩き回り、時に物の怪の力も借りて様々な姫君の様子を見たが、大した収穫もなくくたびれてしまった。

しかしすみれには、殿に帰ってからの唯一の楽しみがある。それは食事だ。

食事は一日に二度、朝と夕刻、各殿に配られる。高く盛り付けられた白い米と干した魚を中心に、卵や貝類、汁物などが付いており、毎日雑穀ばかり食べていた日々とは大違いだ。

最初は配られた膳を東の対に運んで別の場所で食事していた貴月《たかつき》も、最近は移動するのも億劫《おっくう》なくらいに疲れ果てているのか、几帳を挟んですみれのいる母屋で食事を取っている。

　夕日が沈みかける頃、不意に殿の近くで鵺《ぬえ》の気配を感じた。先に食べ終わっていたすみれは竹の箸を置き立ち上がる。

「すぐそこに鵺がいるわ。行ってくる」

　鵺という種類の物の怪はこの世に何体もいるが、すみれが気配を察知できるということは、一度は調伏したことがある鵺だろう。

　一度調伏した物の怪は、すみれの視界からひとたび離れれば支配下から消えるものの、再び近くに来ると感覚で分かることがある。

　空から落ちたためか、何だか前よりも弱っているような気配がする。鷲には近付けなくとも、明日はまた空から姫達の様子を見に行こうと思っているので、今のうちに手当てがしたい。

「……一人で？」

　几帳の向こうの貴月も箸を置こうとする気配を感じ、慌てて付け足す。

「すぐ戻ってくるから、あなたは食事を続けていていい。何かあれば叫ぶから」

　早口で言い残し、母屋の外へ出た。このところ、貴月は常にすみれの傍にいる。懐刀《ふところがたな》なので当然ではあるのだが、過度に保護されているようで落ち着かなかった。二度も襲われている分、今も冬嗣《ふゆつぐ》からの攻撃を警戒しているのだろう。

殿の裏手、竹藪《たけやぶ》の中に鵺の濃い気配を感じる。歩いてゆくと予想通り鵺の大きな体躯《たいく》が竹と竹の間に倒れていた。しばらく地上を移動していたのか疲れ切っていて、ぐったりとしている様子だ。後ろ脚からは血が出ている。

すみれは屈《かが》み、血を止めるため持ってきた布で脚を縛った。憔悴《しょうすい》している鵺の目がぎょろりとすみれに向けられる。調伏は解除されているものの、こちらを襲ってくる気配はない。余程傷口が痛むのだろう。気の毒に思っていると、後ろでがさっと音がした。

「あっ……ひぃっ……ひぎゃ、ひゃあ……」

言葉にならない様子でそこに立ち尽くしていたのは——鶴丸《つるまる》氏の姫君、卯の花《うのはな》だった。

「わ、わ、わたし、何も見てませんっ！」

卯の花が体に力を入れて大きな声を出した勢いで、赤みがかったふわふわの髪の毛が揺れる。

「……え？」

「呪わないでぇ……」

ぐすぐすと鼻水を啜《すす》りながら震えている卯の花の視線の先に鵺がいる。

なるほど、鵺に怯《おび》えているらしい。すみれが鵺の手当てをしているこの現場は、端から見ればこれからこの物の怪を使って人を呪おうとしている場面だ。すみれは咄嗟《とっさ》に立ち上がり弁明する。

「ち、違います。これは怪我《けが》をしていたから手当てしているだけで……」

「ど、どうしてこんな誰もいないところで、物の怪なんて手当てするんですか。や、やましいことがあるのでは……」

すみれは一瞬、言葉に詰まった。術を使おうとしていたとはあまり言いたくない。特に今は、東宮誘拐が物の怪の仕業である可能性が示唆されている。物の怪を利用しようとしていたなどと説明すればあらぬ疑いをかけられるかもしれない。

どうにかうまく言えないものかと迷っていたその時、鵺の不気味な瞳がぎょろりと動き、卯の花を視界に捉えた。卯の花の体がびくんと大袈裟《おおげさ》に揺れる。

「ひぃっ！――〝わたしの前に木が現れる〟！」

卯の花はあたふたしながら突然大きな声を出した。

すると、すみれがぱちりと瞬きをする間に、すみれ達と卯の花の間に――卯の花の姿を隠すほどの、一本の太い巨木が生えていた。

（…………え？）

恐ろしくなってぱちぱちと何度か瞬きを繰り返し、目を擦る。

（さっきまでなかったわよね？）

まるで卯の花の言葉に呼応するかのように木が現れた。

幻術のようなものではない。質感からして本物の木だ。すみれは疑うような気持ちで呆然《ぼうぜん》と目の前の木を見つめる。

（卯の花様の術は……たしか、言霊術《ことだま》だったかしら）

記憶の海の中から必死に手繰り寄せたのは、貴月にもらっていた術の情報だった。

言霊術というのは、口にしたことを現実にできる術だと聞いている。このように何もないところから植物を生み出せるとまでは知らなかったが、何にせよ強力な術であることは間違いない。

「こ、答えてくださいっ！　ど、どうしてこんな誰もいないところで、物の怪と一緒にいるのですかっ」

卯の花が木の後ろからわずかに顔の半分だけを出し、さっきよりも強い口調で同じことを問うてくる。

相手は既に酷《ひど》く怯えているし、すみれのことを疑っている。ここで何も言わない方が不自然だ。すみれは仕方なく、これからやろうとしていたことをぼかして伝えた。

「私は物の怪を操れるので……その、手当てをして、この物の怪の上に乗って上空から東宮様を捜そうと……」

「物の怪の上に乗るっ!?　は、はひ、ひぃ……」

よほど信じられない発言だったのか、卯の花は白目を剝《む》きそうになっている。

「あなたこそどうしてこんなところにいるのですか？　このような人目に付かない場所は、あなたにとっては危険では……」

すみれは話をそらすようにして卯の花に聞いた。

鶴丸氏の高貴な姫は、清華《せいが》氏の次の有力候補と言われている。他の参加者に狙われやすい立場と言えるだろう。それなのに何故《なぜ》こんなところにいるのか、それも気になった。

「梅を……」

「梅？」

「梅を、探していて。そ、その、我が家には、代々香を使った占いが伝えられているんです……その香を作るために梅の果肉が必要で……東宮様の行方を占おうと思って……」

言葉を紡ぐ度に、卯の花の語尾が小さくなっていく。ぼそぼそと聞こえづらく一歩近付くと、卯の花の体がびくりと大きく揺れた。

「ち、ちがっ違うんです！　占いって言っても本当にただの占いで！　呪術のような精度はないですしっ……誰かを呪うようなものでもなくて……わ、わたし、悪いことしてないので見逃してください……」

数ある術の中でも〝呪術〟と呼ばれる術は別格である。応用力が高く強力な分、一度使えば大きな呪いが返ってきたり周囲を巻き込んだりするため、水平京《すいへいきょう》では百年以上禁じられている術だ。とはいえそもそもそんなことは疑っていないのだが、卯の花は必死に呪術ではないと何度も否定してきた。

「とにかく、香の材料を探しているのですね？」

すみれが確認すると、卯の花がこくこくと素早く頷《うなず》く。

すみれの庭にはちょうど梅の木があった。少し分け与えるくらいなら問題ないだろう。

「梅の実の場所なら知っているので、よかったら付いてきてください」

「はぇ……？」

卯の花が拍子抜けしたように目をぱちくりさせた。

「ど、どうして」

「あなたのような姫君が、懐刀も付けずにこんなところにいるのですから、放っておけません」

ここは殺し合いの場でもあるのだ。言霊術を持っているとはいえ、卯の花自身の性格は臆病で、敵がやってきても対処できないように見える。こんな状態でこれ以上宮中をふらふらされてはたまらない。

しかし、歩き出したすみれに、卯の花は一向に付いてこなかった。

「――いりません」

先程とは違い、きっぱりとした声で告げられる。

振り返れば、卯の花に真《ま》っ直《す》ぐにすみれを見返していた。

「わたしは未熟で、世間知らずの姫ですが……人のことそう簡単に信じちゃいけないってこと、最近学びました。特にこの儀式の場では、協力なんてありえない。人の手なんか借りずに、自分の力で何とかしてみせる……火丸《ひまる》のために」

そう言い切った卯の花は一人で走り出し、すみれの横を通り過ぎていった。

(……火丸?)

火丸というのは確か、卯の花の懐刀の名だ。事前に頭に叩《たた》き込んだ情報の中に書いてあった、炎の術を扱う少年。年はちょうど卯の花と同い年くらいだろう。

走り去る卯の花を止めようとするが、彼女は思いのほか足が速く、その手を掴《つか》みきれなかった。

既に遠くに見える華奢《きゃしゃ》な背中を見て思う。やはり、藤花妃争《とうかひそう》の参加者は皆、それぞれが何か事情を抱えているのだと。

殿に戻ったすみれは、一緒に連れてきた鵺を庭の隅で休ませながら梅の木を見上げた。

同時に思い出されるのは、一人で走り去っていった卯の花のことだ。

(どうしてあんなに怯えて、焦っていたのかしら)

協力なんてありえないと言う彼女の表情は終始暗かった。理由は分からないが酷く落ち込んでいるようにも見えた。

彼女は梅の実さえ手に入れば、少しでも元気になるのだろうか。

風にそよぐ木々は緑の葉に包まれ、その中に点々と小さな実をつけている。

すみれは、爪先立ちをしてその梅の実に手を伸ばしてみた。届かない。軽く木を揺らしてみたが、揺れるばかりで実は落ちてこなかった。

仕方がないので木に足をかけ、上に登る。木の棘《とげ》が手に刺さって痛いが、少しの間であれば我慢できる。青い実を一つ手で摘《つま》んだ。直後、下方から呆《あき》れたような声がした。

「俺の姫様には猿の霊でも取り憑《つ》いたのかな」

貴月が腕を組んですみれを見上げている。まさに猿のように木登りしている最中なのを見られたのが恥ずかしく身動《みじろ》いだその時、ずるりと手が滑って体が落下していく。

「きゃあああああっ」

地面とぶつかる衝撃に構えたが、下にいた貴月がすみれの体を受けとめる。貴月は女人のような綺麗《きれい》な顔をしておいて、体の作りは逞《たくま》しいらしかった。

貴月はすみれの手をじっと見つめて言った。

「手に棘が刺さってる。抜いて傷口を洗おう」

「いや、いいわよ。これくらい。そこまで痛くないわ」

大した傷ではないので断ったが、貴月はすみれの言葉を無視して水場まで運ぼうとする。

「ちょ、ちょっと。いいって言ってるんだけど？」

抱えられたままなのが気恥ずかしく、ばたばたと軽く足を動かしたが、貴月は一向におろしてくれない。

「俺の腕がただれた時はあれだけ世話を焼いたくせに、自分のこととなると拒否するつもり？　随分勝手だね」

「……そ、それは……」

そう嫌味ったらしく言われると黙ることしかできない。悪神の子の使いすぎで貴月の腕が傷付いていた時は、面倒くさがる貴月に毎日小うるさく薬を飲めと押し付けた。おかげで腕の色はよくなったが、貴月の方はまだ根に持っているのかもしれない。

水場ですみれをおろした貴月はすみれの手を取り、その手の平をじっと見つめ、取れそうな棘を取ってくれた。これだけの傷でここまでされたのは初めてだ。すみれは大人しく手を差し出しながら、何だかむず痒《がゆ》いような気持ちになった。

貴月は細かい傷に水をかけ、状況について確認してくる。

「で、何で木に登ってたわけ？」

「卯の花姫が……」

「卯の花姫？」

貴月の手に力が籠もる。そして、その眉が不機嫌そうに寄せられた。

「何かあったの？」

「危害は加えられていないわ。あの姫様、占いがしたいとかで、たった一人で梅の実を探していた。その途中で物の怪《もののけ》の手当てをしている私と遭遇して……酷く怯えていた。怖がらせてしまったから、明日会えたらこれを渡して謝ろうと思うの」

さっきは誘い方を間違えた。物の怪を使役しているような術者からこちらへ来いなどと言われたら殺されると思うに決まっている。現物を持って会いに行った方がいいだろう。

「敵に塩を送るつもり？」

意外にも貴月が厳しい口調で問いかけてくるので驚いた。梅の実を渡すだけでも敵を助ける行為だと言うのだろうか。

「ただの占いでしょう？　それで彼女の心が安らぐならいいじゃない」

貴族の間で占いが流行《はや》っているのはすみれも知っている。中には朝起きて真っ先に占いをし、一日の行動を全て占い通りに行う家系もあるらしい。

ただ、すみれは占いを信じていない。

巷《ちまた》で有名な占い師に母の病が治るのかどうか相談したことがある。しかしその占い師は、突然怨霊の仕業なので加持祈禱《きとう》をすると言い出し、何もいない空間に向かって奇妙な格好で踊り始めた。他の人であれば騙《だま》されたのだろうが、誰よりも怨霊や物の怪の気配に敏感なすみれにはそれが嘘《うそ》であることも、その占い師が偽者であることもすぐに分かってしまった。加持祈禱どころか、物の怪すら見えていない一般人だろう。それ以降、すみれは占いに頼らなくなった。

しかし、貴月はすみれの考えを否定する。

「鶴丸氏の香占いっていうのは有名で、庶民が行うような偽物の占いとは種類が違う。かなり正確なものだよ。下手したら本当に東宮様の居場所を見つけるかもしれない」

「……ただの占いで？」

本当にその香占いとやらが当たるのであれば、貴月の言う通り、梅の実を渡すのは競争相手を有利にする行為に当たるだろう。

すみれは手の中にある、もうもぎ取ってしまった梅の実を見下ろした。

梅の実を渡すかどうかはともかくとして、卯の花にはもう一度会っておきたい。

「あの姫様、何かに怯《おび》えているように見えたの」

毅然《きぜん》とした態度の他の姫君達とは異なり、卯の花だけ様子がおかしい。それがやはり気がかりだ。

「きっと誰も信用できなくなるような出来事があったのよ。それに、よく分からないけど懐刀とは別行動をしているみたいなの。あのまま一人でふらふらさせておくのは心配というか……」

何だか放っておけない。

昔、彼女に似た小さな誰かと手を繋《つな》いで道を歩いていた気がする。それは彼女のように臆病で、震えるばかりのか弱い女の子だった。その子はいつでもすみれにべったりで、すみれに頼りきりだった。

（……あれは、誰だったかしら）

すみれは幼い頃の記憶がぼんやりとしている。握っていた小さな手の主の顔を思い出そうとすれば記憶に靄《もや》がかかる。幼少期の記憶なのだから、はっきりと覚えている方がおかしいが、確かに昔、小さな誰かがいつもすみれの後ろを付いてきていた。

「何のつもりか知らないけれど、自ら護衛を外すなんて。そのうち殺されて死ぬだろうね。放っておいたら？」

正面の貴月の声で現実に引き戻される。

「だから心配だと言っているのよ。おそらく卯の花様は、この場所の危険性をあまり理解していない。数日前の私のようにね」

「心配？　君が心配する必要がどこにあるの。いくらまだ幼く頼りなくても、卯の花姫の持つ言霊術は珍しいうえに強力だ。有力候補の一人である彼女が死んでくれたら、むしろ好都合でしょう」

「……言葉が過ぎるわよ」

すみれは貴月を睨《にら》み付《つ》けた。

「この儀式の意味は理解しているし、私だって勝ちたいけれど、その過程で死人が出ることには賛同できない。私はあなたみたいに、結果的に勝っていればそれでいいとは思わない」

見つめ合うこと数秒、折れるように先に目を逸《そ》らしたのは貴月だった。

「……そこが俺と君との根本的な考え方の違いだろうね」

貴月がすみれから手を離す。いつの間にか刺さっていた棘が抜けており、傷口も綺麗になっていた。

「まぁいいよ。卯の花姫の動向は俺としても把握しておきたいし、占いが成功したとしても、横からその結果を盗めばいいしね」

不純な動機が聞こえた気がしたが、貴月の同意がなければ動きづらいので、すみれはそれ以上何も言わなかった。

梅の実をいくつか取った後、すみれは貴月を連れて、怪我《けが》の手当てをしたばかりの鵺《ぬえ》の上に乗り、卯の花の捜索を開始した。

日が暮れると危険な物の怪が増えるため、参加者達の姿は見えない。皆夜の間は殿にこもっているのだろう。

幸いにもそう時間のかからぬうちに卯の花を見つけることができた。彼女は迷路のような作りの道のせいで迷っているようで、さっきとあまり変わらぬ場所をぐるぐる回っていた。

すみれは鵺に命じて、その傍《そば》に降りてもらう。

「びゃあっびえやあああああ」

目の前に突然鵺が現れたことで度肝を抜かれたらしい卯の花は、奇っ怪な悲鳴を上げてずざざざっと土の上を後退《あとずさ》った。

「ひ、ひぃ……化け物ぉ……や、やっぱりわたしを殺しに来たんだ……っ」

しまった、鵺を連れて来ることで怯えさせてしまったと後悔した。卯の花は震え上がり、頭を抱えて蹲《うずくま》る。

「――〝化け物はわたしを襲わずに、速やかに立ち去る〟……！」

縮こまりながら叫んだ次の瞬間、鵺の動きがぴたりと止まった。利那、鵺は四つの脚で勢いよく地面を蹴り、空中へと舞い上がっていく。

すみれは鵺にこの場を去れとは指示していない。今のは明らかに卯の花の言霊術だ。一瞬、すみれは疑いの念を抱いた。東宮誘拐の犯人は、すみれと同じように物の怪を操れる人物――卯の花であれば、それができるのではないかと。

しかし、すぐにその疑いは晴れる。言霊術を利用した後、卯の花の呼吸が急激に荒くなり、息苦しそうに胸のあたりを押さえたからだ。おそらく言霊術を一度使うだけでかなり消耗するのだろう。

貴月から事前に共有されていた情報の中にも、意志を持つ生き物に対して言霊術を利用すると反動で術者本人が苦しむと書かれていた。

物の怪は種族によって強さに違いがある。強い物の怪ほど抵抗力が高く、調伏することが難しい。たとえば大きな神社に祀《まつ》られているような怨霊は強力すぎてすみれには調伏できないし、普段人里にはおりてこないような山の鬼が来た時も調伏するのに苦労した。

そのような強力な存在に比べれば、物の怪の中でも鵺は調伏しやすく、抵抗力もない。その鵺を強制的に動かすだけでもこの有り様なら、卯の花に他の物の怪はうまく扱えないように思う。

「落ち着いて、大丈夫よ。私達は敵じゃない」

ぜえはあと荒い呼吸を続ける卯の花に駆け寄り、その背中を何度も擦《さす》る。彼女をなだめるため、つい幼子に語りかけるような口調になってしまった。

「何度も驚かせてしまってごめんなさい。私達はただ、あなたが探している梅の実を渡しに来ただけなの」

鵺がいなくなったことで少し落ち着いてきたらしい卯の花は、何とか呼吸を整えた後、青い顔ですみれに言い返してくる。

「う、嘘です。絶対嘘。敵から物をもらうことなんてできませんっ！　何か企《たくら》んでいるに決まってます」

「そう思うのも無理はないけれど……今は、ただ純粋にあなたを心配しているの。この場では殺し合いが行われている。私達も昨日は襲われた。懐刀の元まで送らせてくれない？　大事な姫君に儀式の途中で死なれるなんて、鶴丸氏も本意ではないと思うわ」

「こ、こちらを騙そうとしている方は、そうやって最初は良い顔して近付いてくるんです……！　わたし、もう騙されません！　その梅の実だって、何か仕掛けてあるんでしょう!?」

頑《かたく》なに梅の実を受け取らない卯の花を見て、すみれは少しの間考えた。そして、いくつかある梅の実の中から一つ手に取り、卯の花の目の前で丸かじりしてみせる。

卯の花はぎょっとした顔をする。驚きすぎて涙すら引っ込んだようで、目も口も丸くして呆《あき》れ果《は》てたようにすみれを凝視した。

「この通り、変なものを仕込んだりはしていない」

「…………」

「あ、もう一個食べた方がいいかしら？　そうよね、この一個だけ普通の実って可能性もあるものね」

そう言って別の実を取ろうとしたすみれの手を、卯の花が慌てた様子で摑《つか》む。

「あ、あな、あなた、本当に源内《げんない》氏のお姫様ですか!?　実を調理もせずに丸かじりするなんて……！　どこかの山で育ったのではないですか!?」

ぶっ、と後ろに立つ貴月が噴き出す音がした。扇で口元を隠してはいるが、肩がぷるぷると震えている。すみれは彼の存在は一旦無視して卯の花に向き直った。

「私が源内氏の参加者だって知ってるの？」

存在を認知されていたことが意外だった。卯の花は少し気まずそうに顔を伏せた。

「顔合わせの場で助けていただきましたから。あれはどこの姫様だろうと、火丸に調べてもらって……」

「……ああ、そういえば」

すっかり忘れていたが、卯の花のことは主殿で一度助けている。

「それから、その、ずっと、お礼を言いたいとは思っていたのですが……あなたはずっと恐ろしい化け物と一緒にいますし、やっぱり悪い方なんだと思って……」

ぼそぼそと言い訳のように呟《つぶや》いた卯の花は、ゆっくりと顔を上げてすみれを見つめた。

「……ど……どうしてわざわざわたしのことを捜してまで梅の実を？」

「さっきも言ったけれど、こんな場所を一人でふらふらするのは危ないと思ったの。梅の実さえあればあなたの目的は果たされて、懐刀の元へ戻るでしょう？」

「……どこまでお人好《ひとよ》しなのですか。か、顔合わせの場で助けていただいた後も、い、一体助けた代わりにどんなことを要求されるのだろうとびくびくしてたのにっ……何も言ってこないしぃ……」

ぐすんぐすんと安堵《あんど》からかまた泣き出す卯の花の背中を擦る。

「よければ、どうして懐刀と別行動しているのか聞かせてもらえる？　仲違《なかたが》いしているというわけではないのでしょう？」

できるだけ優しい声で問いかければ、恐怖が落ち着いてきたらしい卯の花がぽつりぽつりと話し始めた。

「……わたし、火丸……わたしの幼馴染《おさななじ》みでもある懐刀のために、どうしても東宮妃になりたいんです。わたしの家、鶴丸氏は、昔は清華氏と並ぶ二大貴族と謳《うた》われるほどに栄えていました。でも、今はご存じの通り、以前より衰えているんです。護衛の家系の裕福さは、守護する主《あるじ》の家の財力が大きく影響します……。わたし達鶴丸氏の護衛の家系、鶴《つる》一門《いちもん》も……わたし達の家が傾きつつあるせいで、以前より良い暮らしができていません……。だからわたし、東宮妃になってまた家を栄えさせたい……っなのに」

濡《ぬ》れた眼差《まなざ》しで伏し目がちに状況を説明した卯の花は、悔しそうに唇を噛《か》んだ。

「それなのにわたし、儀式が開始して早々に大きな失敗をしてしまったんです。後《おく》れを取り戻さなければ火丸に顔向けできません。だからわたし、高級な水だと言ってこっそり火丸に酒を飲ませて眠らせて、殿の柱に縛り付けてきました。火丸は、少しでもお酒を飲むとすぐ眠るので……」

「ええ……？」

可愛《かわい》らしくて無害な小動物のような顔をして、思いのほか強引な手法を取る姫だ。

「藤花妃争が危険な儀式であることは分かっています。だからこそわたしは、火丸にはあまり関わってほしくない。さっさと一人で勝負を終わらせて、火丸に良い報告をするつもりでいました」

「でも、懐刀と協力した方が危険はなくなるんじゃ……」

「わたし、火丸より強いんです。……術が強すぎるせいで、術が安定していなかった頃は多くの人を巻き込んで怪我をさせてしまったこともあるくらいで……その噂《うわさ》は他の貴族の中でも広まっていますから、そう簡単には襲われないと思います」

卯の花は暗い顔だった。彼女にとって自分の術で人が怪我をしたという記憶は、あまり思い出したくないものなのだろう。

それまで蹲っていた彼女は気持ちを切り替えるようにして立ち上がり、横の塀に向かって声を発する。

「――〝今わたしの隣にある殿の塀は消える〟」

次の瞬間、すみれ達の横にあった塀が忽然《こつぜん》と消えた。塀で隠されていた誰かの殿が露《あら》わになる。まるで元からそこには何もなかったかのように、塀は消え失《き》せ《う》てしまった。

「わたしの言霊術はこのように、有を無にすることもできます。その気になれば相手の術具を消したりだとか、体の中身をちょっと消したりだとか……使いようによっては殺傷能力の高い術なんです。だからたぶん、周りからは恐れられていて……実際、わたしが一人でいても襲ってこようとしてきた人はこれまでいません」

「………」

再度呆気《あっけ》に取られるすみれの横で、これまで黙っていた貴月がにこりと爽やかな笑みを浮かべて毒を吐く。

「自己満足のために勝手な行動を取る面倒な姫君の護衛をしなければならないなんて、その火丸って懐刀も大変だね。今頃愛想尽かせてるんじゃない？」

「……貴月、そんな言い方は……」

「ひぃ……誰ですかその人。すみれ様の懐刀ですか……？」

卯の花は傷付いたのか、すみれに少し体を寄せて貴月から隠れようとする。

「確かに君は強いのかもしれないし、懐刀は足手纏《あしでまと》いなのかもしれない。けれどお家のご指示もあるだろう。他の貴族と同様、おそらく鶴丸氏と鶴一門は今回の儀式のために事前に作戦を練っていたはずだ。ただでさえ東宮がいないという不測の事態なのに、猪突《ちょとつ》猛進する君の影響でさらに予定が狂って君の懐刀も迷惑してるんじゃないかな」

見るからに気弱で繊細そうな姫君に対して全く容赦がない。

「び、びええ……うう、ぐすっ、ひっ、火丸と全然違うぅ……怖い……」

「大丈夫よ。あなたはただ大事な懐刀のためを思って行動したのよね。私はそれがただの自己満足とは思わないわ」

卯の花はまた泣きじゃくりながら、「すみれ様は優しいぃ……」と袖で顔を隠した。

「ひとまず、その火丸様とやらの所へ送っていくわ。一人で勝ちたいにせよ、強引なやり方で通すんじゃなくて、一度話し合って決めた方がいいと思うから」

そう言って手を差し伸べると、頑なだった卯の花は涙目のまま袖の間からすみれを見上げ、躊躇《ためら》いがちにその手を取ってくれた。


卯の花の殿は、そこからかなり歩いた場所にあった。

卯の花はやはり懐刀と会うのが気まずいのかしばらく立《た》ち竦《すく》んでいたが、「よしっ」と意気込むような言葉を吐いて西門を潜《くぐ》り抜《ぬ》けた。そして、中門を通る途中でぴたりと止まり、すみれ達を振り返ってちらちらと見てくる。

「あ、あの、散々疑っておいて、今更頼るのも都合良すぎかもしれないのですが……梅の実、一つ頂いてもいいですか……？」

すみれの持つ籠の中にはまだいくつか梅の実が残っている。元々そのつもりであったし、一つくらいならと渡そうとしたすみれの手を貴月が止め、卯の花に向かってにこりと笑った。

「もちろん、ただでとは言わないよね？」

卯の花の表情に一瞬緊張が走ったが、彼女はゆっくりとすみれ達の元に戻ってきて、貴月の目を見据えて言った。

「ただでくれとは言いません。一方的に助けてもらうのではなく、交渉がしたいです。代わりに、占いの結果はすみれ様達にもお知らせします。そこで一つ提案なのですが……わたしから伝える結果が嘘《うそ》か本当か、すみれ様達には分からないと思うので、香占いの場に同席していただけませんか……？　東宮様を攫《さら》った犯人は、内裏の物の怪討伐部隊の目を盗めるほどの高度な術の持ち主ということもあり、占いで東宮様の行方を探った時、何か起こるかもしれないのです。もしもの事態が起こった時のために、人が多い方がわたしも安心です」

すみれと貴月は顔を見合わせる。貴月がしてやったりという顔をしているのは気になるが、卯の花が言うのであればと、すみれも案内されるままに中へ入っていった。

卯の花の殿の庭は、敷地《しきち》こそすみれ達のものとそう変わらない大きさであるものの、池が広く、朱《あか》い橋がかかっている。紅葉の木も多く植えられており、秋になれば紅葉が綺麗《きれい》だろうと思った。

寝殿には夜でもないのに蔀戸《しとみど》が下ろされており、それを開放すると、母屋の中心、柱に縛り付けられている赤い髪の少年がいた。

「卯の花！　この縄解《ほど》けよ！　何でそいつらと一緒にいるんだよ!?」

卯の花の懐刀、火丸は犬が吠《ほ》えるような勢いで卯の花に訴える。突然自分を眠らせて出ていった主が見知らぬ男女を連れて帰ってきたのだから自然な反応だ。

しかし、それにしても姫に対して随分と粗暴な口調である。道中卯の花に聞いたところによると、彼は元々鶴一門の人間ではなく、術を買われて護衛として拾われた散楽《さんがく》の少年だという。卯の花が彼の曲芸を大層気に入り、無理を言って引き入れたらしい。

見たところ年は卯の花とそう変わらない、十三歳くらいだ。幼い頃から一緒だとはいうが、貴族としての礼儀正しい言葉遣いは身についていないのかもしれない。

「私達は――」

「うるせえ！　お前には聞いてねえ！」

「………………」

まず名乗ろうとしたすみれの口角がひくりと動く。

「卯の花！　答えろ！　俺じゃや不満だってのかよ!?」

卯の花は申し訳なさそうに眉を下げ、火丸を見下ろす。

「その物《もの》の怪《け》使いと懐刀の方が頼りになるから味方に付けたのか？　俺を放って？」

「えっ!?　ち、ちが……違うよ、火丸。そんなつもりは……」

卯の花がふるふると首を横に振って否定するが、火丸は涙をこらえるように歯を食いしばって俯《うつむ》く。

「俺、この日のためにいっぱい頑張ってきたのに、卯の花にとって俺はやっぱりよえーのかよ」

火丸のその悲しげな表情を見た卯の花は、はっと口を噤《つぐ》む。やってしまった、という思いがその顔に表れている。卯の花は火丸のことを思って頑張っていたのだろうが、そのせいで火丸がこのような反応をするとは予想していなかったのだろう。

卯の花が固まったまま微動だにしなくなってしまい、場に気まずい沈黙が流れる。

「……待って。卯の花様は、あなたのことを思って……」

助け舟を出そうと横から口を挟んだすみれを、火丸がきっと睨《にら》み上げる。

「何でお前が卯の花を語るんだよ！　嫌いだ、お前なんか！」

あからさまに敵視されている。卯の花が自分ではなくすみれ達と一緒にいた様子なのが悔しくてたまらないのだろう。

卯の花は火丸の縄を解きながら横から注意した。

「ひ、火丸、酷《ひど》いこと言わないで。すみれ様はわたしのために香占いで使う梅の実をくれたの」

「あぁ!?　何でそんなこと、俺に頼まずこの女に…………」

火丸の語尾が弱くなっていく。

（……何か思い出すと思ったら……）

悲田院《ひでんいん》にやってくる孤児だ。多くは懐かない猫のように警戒心旺盛で、最初はこんな風に知らない大人を敵視して噛み付いてくる。

すみれはゆっくりと手を伸ばし、火丸を撫《な》でた。案の定「あぁん!?」と低い声で脅されたが、子供だと思えば可愛く見えてくる。

「卯の花様は、あなたを危険な目に遭わせたくなかったみたいよ。あなたのことが大切だから」

「……それって、俺が頼りにならねぇってことだろ」

火丸の発言に、卯の花が口をもごもごとさせて何か言おうとした。しかしその前に、頭上で小さな溜《た》め息《いき》が聞こえる。見上げれば、いつの間にか貴月が傍《そば》まで来ていた。

「こうしている内にも他の参加者が先に東宮の居場所を突き止めるかもしれない。早く香占いをやるべきではないかな?」

もう少し気を遣って話し合う時間を取らせるべきではないかと思うが、勝つことしか考えていない貴月にとって、卯の花と火丸のやり取りはどうでもいい痴話喧嘩《ちわげんか》なのだろう。

卯の花は貴月の言葉に慌てた様子で、母屋の隅まで香作りの準備をしにいく。

「……私達、やり方は見ない方がいいかしら? 鶴丸氏秘伝の占いなのよね?」

「いや。あの占いは言霊術を用いるものだから、やり方を見たところで俺達には真似《まね》できないよ。鶴丸氏は同じ術が子に伝わる珍しい家系のうちの一つだ。だからこそ術の特性をよく分かっていて、占いなんてものに術を応用できる」

こそっと貴月に尋ねると、そう否定された。

すみれはその言葉にほっとし、改めて香占いを始めた卯の花の背中を見守る。

柔らかな灯火が揺らめく中、卯の花はすみれが渡した梅の実の一部を練って他の材料と合わせる。

衣擦《きぬず》れの音でもさせて卯の花の集中を妨げないよう、緊張しながら待つ。

卯の花は実を練り終えた後、小さな針で己の指を刺し、練った実の上に血を垂らした。

「──〝香が、わたしに東宮様の御座所《おましどころ》を教えてくれる〟」

卯の花の凛《りん》とした声が響いた。

卯の花は次に香炉に炭を置き、火から少し離れたところに香を置いて温め、伏籠《ふせご》を被《かぶ》せる。ゆっくりと部屋の隅々まで香りが広がった。梅の花のような華やかな香りが鼻をくすぐる。

次の瞬間──その香りがゆっくりと煙のように具現化し、小さな人の形を作り上げた。

「で、できましたっ。東宮様のお姿です」

最初は揺れ動いていた煙が固まり、床に内裏の地図が描かれる。東宮を模した人形のような煙が動き出した。水明院らしき場所からゆっくりと移動した東宮は、もう一度水明院へと潜り込み──途中で、ふっと煙が消える。

「きゃあ！」

何かに弾《はじ》き返《かえ》されるように伏籠が卯の花に向かってぶつかり、中の香炉が音を立てて揺れ始める。香炉灰が床に飛び散り、炎が揺らめいて床に移った。その火は自ら狙って動いているかのように卯の花の小袿《こうちぎ》に辿《たど》り着《つ》く。

「卯の花様！」

すみれが動き出すよりも先に、火丸が卯の花の方に駆け寄った。火丸が手をかざすと卯の花の小袿の袖口で燃え上がっていた炎が揺らぎ、あっという間に消えた。

彼は炎の術の使い手だ。火を操って消すことも容易《たやす》いのだろう。咄嗟《とっさ》のことで焦っていた卯の花にも、すみれにもどうすることもできなかった。火丸がいてくれてよかったと感じたのはすみれだけではないようで、卯の花はぷるぷる震えながら火丸の衣にしがみつく。

「火丸っ、火丸……！　怖かったぁぁ～！」

「……ふ、ふん。これで俺が役に立つって分かっただろ」

「違う、違うんだよ。わたし、火丸のこと頼りにならないとか思ってるんじゃなくて、わたしの家のことなのに巻き込みたくなくて……っ」

火丸はぴくっと眉を動かし、めそめそと泣く卯の花の額に指を打ち込んだ。

「痛っ!!」

傍《はた》から二人の様子を見ていたすみれはぎょっとする。自分が仕える姫を痛め付けるような行いをする護衛を初めて見たからだ。

「あーのーなぁ！　卯の花！　それは今更すぎんぞ」

「……い、今更？」

「小《ち》っせー時から、お前が川に落っこちた時も、わけ分かんねぇ盗賊に攫われかけた時も、術の使い方間違えて屋敷《やしき》に備蓄してた米俵全部消しちまった時も！　助けてやったの誰だと思ってる。もう十分巻き込まれてんだよ」

「だっ、だからだもん！　もう火丸に迷惑かけない、一人前のお姫様になろうって思って……！」

「俺は鶴一門の火丸だ。鶴丸氏のお姫様には人生捧《ささ》げて迷惑かけられるつもりで生きてる。俺の家を、俺の生きる意味を否定するつもりかよ」

卯の花は自分の額を手で押さえたまま唇をぎゅっと結ぶ。躊躇いがちに目の前の火丸から視線を逸《そ》らした卯の花と、その様子を見守っていたすみれの視線がかち合った。弱々しい卯の花の目が助けを求めている気がして、すみれは思っていることを口にした。

「頼るのは悪いことじゃないわ。頼られることが好きだったり、生きがいだったりする類《たぐい》の人間もいるものよ」

すみれがいた悲田院の人々は皆そうだった。彼らは自利利他の精神を大切にしていた。病を持つ者達の中には、他人に自分の世話をさせるのが申し訳ないと心を痛めている人もいる。特に高齢の病者は、自分よりも若い者に世話をさせることに抵抗があるのか、「ごめんねえ、ごめんねえ」と謝罪を繰り返すこともあった。

そんな彼らに僧侶達は、他者の幸せを思いやる心を持つことが、真の意味での幸せに繫《つな》がると説いていた。だからこそ我々は病を持つ人々に慈悲の心を持って手を差し伸べ、困っている人は助けるのであると言い、頼られることを喜んでいた。

僧侶達のそのような精神に心を打たれたのか、病が治った後、お礼にわざわざ遠くから農作物を持ってくる者もいた。

すみれは幼い頃からそのような光景を見て育ったので、その助け合いの精神が心の根底にある。

「少なくともそこの懐刀……火丸は、あなたに頼ってもらった方が嬉《うれ》しいみたいだけど？」

「気安く俺の名を呼ぶんじゃねぇ！」

火丸の思いを代弁するため助け舟を出しているというのに、その火丸にぎんっと睨まれる。彼はすみれに対して敵対心を燃やしているらしい。

卯の花は一度俯いた後、しばらくして覚悟を決めたようにゆっくりと火丸の目を見据えた。

「わたし、焦って一人で突っ走ってた……かも、しれない」

「かもじゃねぇよ。突っ走ってんだよ」

「ご、ごめ、ごめん」

「……別に、お前より強くなれねぇ俺が悪いし」

「そんなことないよっ、火丸は確かに、わたしよりは弱いけど」

弱いという言葉がぐさりと胸に刺さったのか、火丸が肩を落とす。しかしその後に続く台詞《せりふ》は、予想外にも肯定的なものだった。

「弱いけど……いつも、わたしのこと助けてくれる。弱いのに強いの」

小さな声で伝える卯の花の頬がほんのりと桃色に染まっている。おや？　と思ったのはすみれだけではないようで、隣の貴月も「ふーん」と納得したように呟《つぶや》いていた。

もしかしたらこの姫君は、想《おも》い人に良いところを見せたいという気持ちもあったのかもしれない。

卯の花はおそるおそるといった様子で火丸に問いかける。

「ごめんね。駄目なわたしのこと、まだ守ってくれる？」

「……あたりめーだろ。卯の花はそんなに早く一人前にならなくてい一んだよ。そしたら俺の仕事がなくなる」

ふふ、と目の赤い卯の花が柔らかく笑った。

「〝一緒に〟勝とうね。火丸」

どこかで聞いたようなやり取りだ、とすみれは思う。この危険な場では、確実に味方と言える存在は懐刀しかいない。懐刀と協力することが不可欠なのだと、卯の花が考えを改めてくれて良かった。

貴月は床に散らばった灰を人差し指でなぞり、卯の花に問いかける。

「これは、占いには失敗したってことでいいのかな？」

「その……術で探索しようとすれば、術者に災いが返るように仕組まれていたのだと思います。占われるのを見越して、占った者が襲われるよう仕掛けられていた。……こんなことができるのは、呪術くらい……」

卯の花の最後の小さな独白を聞き逃さなかったらしい火丸が「はあ？」と素っ頓狂な声を上げる。

「ありえねぇだろ。呪術はもう百年以上も禁じられてる。呪術を扱えた最後の一族も、先帝の時代に全員海に流されて、生き残りはもういないって話だ」

「そ……そうだよね。考え過ぎだよね。でも、こんな高度なこと、並大抵の術者にはできない……」

倒れた香炉を直しながら、卯の花は不可解そうに呟く。そして、はっとした顔をしてすみれ達を振り返った。

「すみれ様達のことも、危険な目に遭わせてしまってすみませんでした……火は移っていませんか？」

「私達は少し離れていたから問題ないわ。こちらこそ、何かあった時のためにと同行させてもらったのに、何もできなくてごめんなさい」

「いっ、いえいえいえいえいえ！　すみれ様がいてくれたおかげで落ち着いて香占いに集中できたのですし……！」

卯の花は首をぶんぶんと激しく振って否定する。

「……お怪我《けが》がなくて良かったです。あ、あの、今は敵同士……ではありますけど、この儀式が終わったら、また会えたら嬉しいな、なんて……。その、友として……」

緊張しているのか、消え入りそうな声で嬉しい誘いをしてくれる卯の花。どうやらすみれへの恐怖心は払拭されたらしい。すみれは思わず微笑《ほほえ》んだ。

「どちらが勝っても恨みっこなしよ？」

「は、はいっ！　わたしとしても、すみれ様がお相手だと思うと気が引き締まります！　負けないように頑張ります……！」

「今は敵同士だけれど、お互い頑張りましょう。藤花妃争が終わったその時は、香のたき方を教えてほしいわ。私には占いはできないと思うけど、さっきの薫物《たきもの》、とてもよい香りだったから」

「もちろんです……！」

卯の花は嬉しそうに顔を綻ばせる。

二人は軽く別れの挨拶をし、卯の花の殿を出ることになった。

去り際、貴月が卯の花の白い頬に手を寄せて顔を上げさせる。

「懐刀を避けていたのは、本当に迷惑をかけたくないからってだけ？」

じっと卯の花を見下ろす貴月の目は冷たかった。

「——君、まだ何か隠してないよね？」

貴月が怖いのか、卯の花の顔が青ざめる。ちょっと、とすみれは貴月の裾を引こうとしたが、それよりも素早く動く人物がいた。

「卯の花に触んな!!」

突如、火丸が貴月に飛び蹴りを食らわす。突然のことで対処しきれなかったらしい貴月は一瞬よろめいたが、すぐに体勢を整えた。さすが源一門《みなもといちもん》で鍛えられているだけあって、体の軸が安定している。

「……高貴な姫君に気安く触れたことは謝るよ。でも君もまだまだ子供だね。感情に任せて攻撃してるから隙だらけだ」

次の瞬間、貴月の拳が火丸の腹に繰り出される。卯の花があっと悲鳴をあげた。しかし、貴月の手は火丸に当たる寸前で止まり、攻撃は未遂に終わる。

「反撃される準備もしとかなきゃだめだよ」

にこりと笑って姿勢を戻した貴月は、呆然《ぼうぜん》とするすみれの腕を引っ張って卯の花の殿から出ていった。

卯の花の殿を離れ、しばらくした頃。貴月が蹴られたみぞおちを痛そうに擦《さす》りながら、ぶつくさと文句を言う。

「あーあ、あいつ小さいのに蹴りは随分重かったなぁ。さすが鶴一門で選ばれた懐刀」

「ふっ……ふふふ……」

「……ちょっと、いつまで笑ってるわけ？　俺が蹴られたのがそんなに面白い？」

「いつも澄ました顔してるくせに、蹴られた時はちょっと面食らってたんだもの。人間らしい反応もするのね」

すみれはおかしくて仕方がなく、くすくすと口元を隠して笑う。

貴月なら本気で反撃することもできただろう。しかしそれをしなかった。何だか卯の花との友好関係を守ろうとしてくれたようにも感じられて嬉しかった。

貴月はいつまでも楽しそうにしているすみれに怪訝《けげん》な顔をした後、にやりと悪い笑い方をする。

「ところで嬉しい知らせなのだけど。さっきの占いで災いを返してきた犯人の目星が付いたよ」

れないね」

「灰の中に、わずかに結界の気配が残っていた。やはり、東宮を誘拐したのは鷟姫かもし

「……え？」

やはり出てきた鷟の名。すみれは少し離れた位置に見える鷟の殿に目を向けた。

そこでふといいことを思いつき、勢いよく貴月に視線を戻す。

「卯の花様に協力を仰ぐのはどう？　彼女なら言霊術で結界を破れるかもしれないわ」

貴月はおそらく、情報を自分達だけのものにしたくて卯の花の殿を出るまで黙っていたのだろう。

けれどこのままでは埒《らち》が明かない。自分達だけでどうしようもないのであれば、卯の花と協力すべきだとすみれは考えた。

「卯の花様の占いで辿《たど》り着《つ》いた答えなのだし、卯の花様の言霊術の強力さは見たでしょう？」

おそらく彼女なら、塀を消したように結界術も破ることができる。貴月は他の参加者との協力を反対していて、すみれも一度はそれに応じたが、今は状況が変わった。卯の花との関係性ができた今であれば、貴月の判断も変わるかもしれない。

貴月はしばらく考え込んだ後、渋々といった風に頷《うなず》いた。

「……俺達が結界を破る具体的な方法は見つかっていない。不本意ではあるけれど、君が

作ってくれた人脈も武器にはできるかもしれないね」

最初はただ従っていればいいなどと冷たいことを言っていた貴月が、自分の意見も聞いてくれるようになりつつある。そのことをすみれは嬉しく思った。

「では、明日改めて卯の花様に頼みに行きましょう」

今日はもう夜がふけてしまっている。丑三《うしみ》つ時《どき》が来る前に殿に戻った方がよいだろう。

翌日の早朝、すみれは卯の花の殿へ向かうため、指笛を鳴らして鵺《ぬえ》を呼んだ。

鵺が空から舞い降りてきて、すみれ達をその背中に乗せる。貴月とともに空高く舞い上がり、ふと鶯の殿を見下ろしたその時、ある異変に気付いた。

「どうしたの？」

驚いて動きを止めたすみれの後ろから、貴月が警戒するような口調で問いかけてくる。

すみれは下を指さして驚くべき事実を伝えた。

「鶯様の殿……どうしてだか結界がなくなってるわ」

第四章　雨夜の月

以前まであったはずの、鶯《うぐいす》の殿を囲い込む強固な結界。外から入ろうとしてもびくともしなかったそれが、すっかり消えている。

すみれ達は一旦地上に戻り、鵺から降りて鶯の殿を外から観察した。

(急になくなるなんて妙だわ。何かの罠《わな》……?)

わざと誘い込んでいるという線もある。すみれは警戒するような心持ちでじろじろと外から殿を眺めた。しかし、戸惑うすみれに反して、隣の貴月《たかつき》はさっさと中へと歩き始める。

「また結界を張られたら面倒だ。さっさと入ってしまおう」

「ええ……?　ちょ、ちょっと」

結界がなくなったのをいいことに勝手に入るのも忍びないような気がしたが、貴月が先に行ってしまったので慌ててその後を追う。

たしかに今行かなければ次来た時にはまた結界を張られているかもしれないし……と自分に言い訳をしながら、鶯の殿の西門を潜《くぐ》った。

外から見て分かる通り、明らかに優遇されている広さだった。一町四方もある敷地《しきち》に、寝殿を中心としていくつかの対《たい》の屋《や》が並んでいる。庭も一際大きく、池を中心に回遊路や橋が設けられ、その周囲に岩石、植物が配置されていた。水辺には釣殿《つりどの》まで建てられている。

すみれに与えられたような仮住まいの殿とは異なる、本格的な貴族の住まいという印象を受ける。

ごくりと唾を飲み込み、すみれは一歩踏み込んだ。

「何の御用でしょうか？」

西門の先にある西中門を通り抜けた時、壁のない渡り廊下である透渡殿《すきわたどの》の方から咎《とが》めるような冷たい声がした。

ぎくりとして横を見上げれば、美しい黒髪の姫君が訝《いぶか》しげな顔をして立っている。鶯だった。

まさかこんなに早く見つかるとは思わず言葉に詰まった。鶯はいかにも忌まわしそうな顔付きで侵入者であるすみれ達を見下ろしている。

すみれは沈思した後、見せるのが一番早いと思い、梅を入れていた籠の中から、丁寧に布で巻いていた短冊を取り出した。

「数日ほど前の夜、私が殿にいる際に、頭上から岩が落ちてきたのです。調べてみたら、私の殿の至る所に暗殺具が仕掛けられていました。そのどれにも私の術対策のためか、魔除《まよ》けの呪文が書かれていました」

「……だから何だと？」

「これはあなたの懐刀《ふところがたな》の術具でしょう。どうして執拗《しつよう》に私達の命を狙うのですか？」

鶯は疑り深そうな表情をした後、覗《のぞ》き込むようにして暗殺具に刻まれた文字を見る。

そして、直後に目を見開き、「入りなさい」とすみれを寝殿へと招き入れた。


懐刀である冬嗣《ふゆつぐ》は別室に隠れているのか姿が見えない。彼の足も確認しなければならないが、今は鶯の目があるため、妙な真似《まね》はできなかった。

「状況を詳しくお聞かせください。一体いつ殺されかけたのですか？」

茵《しとね》の上に優雅に座り込んだ鶯は、それはそちらの方が知っているだろうというようなことを厳しい表情で問いかけてくる。

まるで自分は知らないとでもいうような態度に腹が立ち、すみれは言い返した。

「惚《とぼ》けるつもりですか？　こんな真似ができるのはあなたの懐刀しかいないでしょう」

「質問をしているのはこちらです。そちらが自由に喋《しゃべ》ることは許可していません。先にわたくしの質問にお答えください」

相手は高貴な姫君である。その威圧感につい圧倒され、すみれは少しだけ頭を低くした。身分差を考慮しても歯向かえる立場ではない。先に相手の言い分を聞こう。

「最初は、物の怪《もののけ》を使って宙を飛んでいた時です。上から短冊のような物が降ってきて、それが岩に変わって……東宮様の捜索を中断させられました」

「短冊……。その後もその短冊を見たと？」

「ええ。風に乗って短冊がやってきて、岩になったのです」

鶩が口を閉ざした。何を考えているのか、その顔の上には苛立《いらだ》たしげな曇りが表れている。

そこですみれはふと、母屋の隅に二体の古い人形が大切に飾られていることに気付く。

それを見た時、唐突に脳内を流れる光景があった。そこはまるでこの屋敷《やしき》のように立派な殿で、暑さの増すこの頃とは違い、麗《うら》らかな春の風が吹いていた。――すみれの衣にしがみつく小さな手。その反対側に、この人形と同じ物が映る。

昔どこかで見たことがある。この人形も、鶩のことも。

「……あなた、どこかで私と会ったことがありますか？」

顔を上げて尋ねると、鶩が一瞬、少し泣きそうな顔をした。

――その時、慌ただしく御簾《みす》の外から鶩を呼びかける者がいた。赤い内衣姿で太刀を持っている。内裏の物の怪討伐部隊とも似た格好をした彼らは、水平京《すいへいきょう》の治安維持を担う検非違使《けびいし》だ。

「鷲様！　緊急事態でございます！」

そのあまりの大声に二人の会話は遮られてしまった。

「これより北方、藤花妃争《とうかひそう》参加者の殿が密集している地点で、大規模な火災が生じました！　鷲様の結界術であれば皆を火から守れるだろうと、近衛《このえ》の少将様がお呼びです！」

鷲の顔が強張《こわば》る。すみれは咄嗟《とっさ》に立ち上がり、御簾を上げて飛び出るようにして母屋を出た。振り返れば、すぐに来るだろうと思っていた鷲が座ったまま硬直している。その視線は不安げに渡殿の向こう、対の屋の方に向けられている。

あちらに誰かいるのだろうか。いるとしたら、今不在の懐刀、冬嗣だろう。

横から鷲の顔馴染《かおなじ》みの女房らしき女性が慌ただしく中に駆け込んでいく。

「鷲様！　何をなさっているのですか！　時は一刻を争います！　風の方向が悪ければ内裏にまで火が移るとのことです！　どうかお力をお貸しください！」

鷲を乗せる予定であろう網代車《あじろ》がもう庭に到着している。鷲は女房に手を引かれるままに車に乗り込み、運ばれていった。

すみれも走ってその後を追う。貴月もその後を付いてきた。

少し先の空に黒煙が見える。火災の範囲は広そうだった。

「妙ね。今日は風が大人しいはずだけれど」

「藤花妃争の時期に大規模な火災が起こるなんて、作為しか感じられないよね」

隣を走る貴月が含みのある笑い方をする。

「……何者かが企てたということ？」

「火っていうのは便利だからね。参加者を皆殺しにしようと思ったら、俺でも最終的には火を放つかも」

じとりと貴月を睨《にら》み付《つ》けると、「冗談だよ」と返される。

「火は便利な分扱いが難しい。今だって内裏に移りそうだろ。犯人が特定されれば大罪だ。俺はそんな危険な方法は取らない」

できれば良心の面で否定してほしかったのだが、とすみれは呆《あき》れて溜《た》め息《いき》を吐いた。

火災現場に辿り着くと、そこはすみれの想定以上に阿鼻叫喚《あびきょうかん》を極めていた。火に囲まれて逃げ場のない参加者達が泣き叫びながら助けを求めている。すみれは自分でも退《ど》かせられそうな木材を押し上げ、下敷きになっていた姫達を助けた。

人々に手を差し伸べながらふと顔を上げれば、菖蒲《しょうぶ》とその懐刀、赤朽葉《あかくちば》が遠くに見えた。菖蒲はその怪力術を活《い》かし、人々を倒れてくる柱から守っているようだった。

「菖蒲様……！　あ、ありがとうございます！」

涙ながらに菖蒲に礼を言っているのは、菖蒲のことを罪人の娘だと馬鹿にしていた姫だった。菖蒲は野蛮だと一線を引いていた他の姫達も菖蒲を見る目が変わったようで、口々に感謝を述べていた。

火を収めるために内裏から派遣されたらしき人々も、菖蒲を見てほうと感心したような声を上げている。

菖蒲がいることに少し安堵《あんど》しながら網代車の方に視線をやれば、先に到着していたはずの鶯が棒立ちしていた。その顔色は血の気を失っている。顔合わせの場で気丈だった鶯からは想像も付かない変わり様だ。火災を見たのが初めてであれば怯《おび》えるのも無理はない。

しかし、このままでは火がもっと広がってしまう。

失火だろうか。それにしてもここまで火が広がるのは不自然だ。となると、貴月が言うように意図的に引き起こされたものかもしれない。

(誰かが狙って火を放ったなら酷すぎる。皆一生懸命頑張っているのに、こんなあくどいやり方に走るなんて)

藤花妃争が殺し合いの場であることは聞いていた。しかし、まさか被害の大きさも考えずに火を放つような姫がいるなどとは思わなかった。

誇り高き姫君達が集まるはずの場で、このような凄惨な火事が起こるなんて――。

悲しい気持ちになりながら、すみれはふと火丸《ひまる》のことを思い出した。炎の術の使い手である彼ならば、ある程度火の流れを操ることができるだろう。

（でも、卯《う》の花《はな》様の殿へ知らせに行くにはここを突っ切らないと……）

卯の花の殿は燃え盛る炎の向こうだ。元々あった安全な道は既に、崩れた家屋の下敷きとなっている。使えそうな物の怪は今傍にいない。

身一つで駆け出そうとしたすみれの手首を貴月が摑《つか》んだ。

「どこへ行くわけ？」

「卯の花様に知らせに行くのよ。火丸様であればこの炎もどうにかできる」

「いくら何でも無茶だよ。逃げた方が賢明だ」

「でも、このままじゃ大勢死ぬわ」

「死んだところで――」

死んだところで敵同士なのだから関係ない、と言いかけたらしい貴月は、言葉の途中で口を閉ざした。そのような考えをすみれが嫌うことを知っているからだろう。

すみれは貴月の手を振り払い、炎の渦に向かって駆けていく。後ろから貴月の溜め息が聞こえた。

「待って。俺が何とかする。だから、戻ってきて」

その声音は真剣で、その場凌《しの》ぎで物を言っているようには感じられない。ぴたりと止まって振り返ったすみれは、貴月の傍《そば》に戻った。

一体何をする気なのだと見ていれば、貴月にすみれの隣で弓を構える。

背筋を伸ばし、両足を地面にしっかりと据えるその姿は凛《りん》としていた。矢羽が微《かす》かに風に揺れる。ゆっくりと弦を引き絞る貴月の目は空へと向けられていた。

風が切れるような音と共に、矢が放たれる。矢が空中まで到達した途端、矢から大量の水が発生した。その水は雨のように火災現場に降り注ぎ、人々に襲いかかろうとする炎をかき消していく。

火に囲まれていた姫や懐刀達から歓声が上がった。

「凄《すご》い……水を扱える弓だわ……！」

「こんな強力な術具を扱えるお方がいるなんて！」

晴天の中貴月の発生させた降りしきる水の粒は、陽の光を反射して輝いている。まるで狐《きつね》の嫁入りのようだった。

隣にいたすみれは違和感を覚えた。

すみれの知る限り貴月の術具の力は射た対象の位置を把握するというもので、水を発生させるような使い方ができるとは説明されていない。それに見間違いでなければ、貴月の弓を射る動作と、水の動きは連動していなかった。

――本当にその弓の力なのだろうか？　と疑うような気持ちで貴月を見つめる。

「ここで活躍しておけば藤花妃争では圧倒的に有利になった。なのに君はそれをしなかった。もしかして君、結界術を扱えないのかな？」

弓を下ろした貴月が、一人ぽつんと立ち尽くしている鶯を振り返った。内裏からの使者は皆消火活動に向かっているため、鶯の周囲にはもう誰もいない。貴月は単独の鶯にゆっくりと近付き、見透かしたように薄く笑う。

「君は、清華《せいが》氏の偽の術者だってこと？」

貴月の言葉を聞いて、すみれの口からえっという声が漏れた。

今いる鶯は偽者で、清華氏の本物の娘ではないということだろうか。向こうもすみれ同様、血縁者とは別の者を家の代表として出しているということなのか。

鶯は俯《うつむ》いたまま何も言わない。その顔は青ざめており、額に汗が滲《にじ》んでいる。答えずとも、その様子が雄弁に物語っていた。貴月の指摘したことが事実であると。

しかし、それにしても顔色が悪い。まるで発覚してはいけないことを言及されたかのような顔だ。すみれは思わず横から声をかけた。

「実は、私も源内《げんない》氏の正式な姫ではなくて……血縁はなくとも代表者として出ています。違反行為ではないのですから、そこまで思い詰めなくても――」

「そんなことは知っています！」

鶯は弾《はじ》けるように顔を上げ、物凄《ものすご》い剣幕で突然怒鳴った。

「だってあなたは！　正真正銘、わたくしの姉上ですもの！」

建物が崩れ落ちる大音《だいおん》の中、鶯の声だけは確かに耳に届いた。火事による熱風が吹き込み、鶯の長く美しい黒髪を揺らす。その瞬間、すみれの胸に痛いほどに蘇《よみがえ》る記憶があった。

幼い頃握っていた小さな手。その主は鶯のような黒髪の、可愛《かわい》らしい美少女だった。すみれよりも一つ年下の、腹違いの妹。二人はどこへ行くにもずっと一緒で――けれど、それを快く思わない人物が傍にいた。

「その顔……やはり覚えていないのですね。勘違いしないでください。姉妹と言っても格が違う。わたくしは正妻の子で、あなたは父上が市井で作った妾《めかけ》の子。なのにあなたは術を持って生まれて、わたくしは術を持たずに生まれた。わたくしの母上は、それをよく思いませんでした」

歴代帝の曾孫で、当時の左大臣の娘である鶯の母親。彼女はすみれを目の敵にしており、鶯と遊んでいるとすみれを打ってくることもあった。結果的に、当時まだ六歳にも満たなかったすみれとすみれの母親は宮中を追い出され、路頭に迷うことになった。

同時期にすみれは急な環境の変化で心に負荷がかかったためか、術の操作ができなくなった。物の怪を操るのではなく逆に引き寄せてしまい、己の術のせいで三日三晩寝込むことになった。当時の記憶がぼんやりしているのはそのためだ。すみれは生死の境を生き抜き、それまでの記憶をなくしてしまった。

しかし今ならば分かる。目の前にいるのは腹違いの妹で、すみれは清華氏の――清華内《うち》麻呂《まろ》の子供だ。

　ずっと疑問だった。なぜ庶民である母と内麻呂の間に繋《つな》がりがあったのか、なぜ内麻呂が母を気にかけて居場所まで作ってくれていたのか。きっと彼は、正妻の目を盗んですみれとすみれの母を支援してくれていたのだ。

（普通、貴族以外が術を持って生まれることはない……これまで周りにもいなかった）

　すみれが特別に術を持っていたのは、清華氏の血を引いているからなのだと納得した。

　すみれは顔を上げ、妹である鶯を見据える。

「こんなにも時が流れているのに、よく私だと分かったわね」

「憎たらしいあなたのことは日頃から隠れて見に行っていましたから。汚い収容施設で身分どころか身寄りもない老人や病者の世話ばかり。惨めにはなりませんでしたか？」

「……惨め？」

　言われている意味が分からず、わずかに首を傾《かし》げてしまう。

「惨めでしょう。元いた宮中からあんな所へ転落したのですから。いつ病が伝染《うつ》るかも分からない場所で、財も持たない貧民の世話。悔しくて悔しくてたまらないのではありませんか？」

　確かに宮中の方が過ごしやすくはあるだろう。しかしだからといって惨めではない。

　すみれは、悲田院《ひでんいん》で自分の術を活かして助けられた人々がいることを誇りに思っている。

「私はあの場にいる自分のことを惨めだと思ったことはないわ。人に施しを与えることは、巡り巡って自分のためにもなる」

途端に、鶯は馬鹿にしたように鼻で笑った。

「施しを与え、功徳を積んでいればいつか悟りへと導かれるとでも？　あなたがそこまで信心深いとは意外です」

「信心深いというのかは分からないけれど……でも、誰しもいつ病気になるか、身寄りがなくなるか分からないものよ。私は悲田院にいる人々に、人のことを自分のことのように考えて助け、愛を捧《ささ》げるように教わったわ。人は元来助け合う生き物だから、そうしていればきっといつか自分が困った時に誰かが手を差し伸べてくれる。私はそれを信じてる」

すみれが話すごとに、鶯の顔が分かりやすく歪《ゆが》んでいく。

鶯の不機嫌を感じ取ったすみれが言葉の途中で口籠ると、突然鶯が腕を振り上げた。

「そういうところ、だいっきらい……！」

殴られると思って目を瞑《つむ》る。しかし衝撃はすみれを襲ってこなかった。おそるおそる目を開けると、貴月がすみれの隣に立ち、鶯の手首を握って止めていた。

鶯は悔しそうに歯を食いしばり、すみれのことを睨み付けた。

「どうして？　どうして惨めったらしい思いをしていないの？　どうしてそんなに高潔でいられるの？　それじゃわたくしの方がよほど惨めじゃない！」

貴月に摑まれていることなど気にも留めず、吠《ほ》えるように叫ぶ。

「あなたがいなくなった後、わたくしがどんな目に遭っていたか分かる？　母上の苛立《いらだ》ちの捌《は》け口《ぐち》は全部わたくしになった。母上は術も持たないわたくしのことを皇后にしようと躍起になって、冬嗣を利用してわたくしが術を持たないことを一族にまで隠蔽した！　身内までをも騙《だま》して嘘《うそ》を吐き続けて、たった一人厳しい教育を受けるわたくしの気持ち、あなたには分からないでしょう！　父上だって助けてくれなかったのよ！　妾と妾の子であるあなたにはこっそり居場所を作ってまで気にかけていたくせに、わたくしのことは政争における道具としてしか見てない！」

鶯の術であると有名な結界術は、実際は冬嗣の術なのだろう。冬嗣は術と術具の両方を扱えるのだ。類稀《たぐいまれ》なる才能である。

今回に限って鶯の殿に結界が施されていなかったのは、冬嗣がいなかったから――いや、寝込んでいたからだ。貴月が射た矢でできた傷は、血の量からしてかなり深かった。おそらくこの数日の間に、冬嗣の術を使う力は尽きてしまったのだろう。

鶯はなおも続ける。

「どうして術を持ったのがあなただったの？　どうして藤花妃争への参加権を得たのがあなただったの？　どうしてわたくしが己を偽り続けなければならなかったの？　どうして……っ」

声を呑《の》み込むようにして息を吸い、ゆっくりと恨み言と共に吐き出した。

「どうして――ずっとわたくしの傍にいてくださらなかったの？」

鶯のつぶらな瞳から大粒の涙が溢《あふ》れる。

すみれは返答に窮した。

幼い頃、鶯とはずっと一緒だった。お揃《そろ》いの人形を与えられてよく雛遊《ひなあそ》びをしていた。お互いがお互いの唯一だった。

宮中を追い出された時、すみれはそんな存在である鶯と最後に一目会うことすら叶《かな》わなかった。鶯からすれば、一晩寝て起きたら唯一の遊び相手である姉がいなくなっていた状態だ。それは鶯にとってどれだけの悲劇だっただろう。

そのうえ、すみれはその直後の術の暴走による高熱で鶯のことを忘れ去った。

鶯様、と呼びかけようとしたその時、突然背後から伸びてきた手がすみれの口を塞いだ。

「――動くな」

後ろにいるのはすみれよりもずっと大きな体の男。動きを封じられているせいで振り向くことはできないが、声からして冬嗣であると分かる。その手は異様に熱く、高熱を出していることが分かる。先程まで寝込んでいたところを、騒ぎを聞き付けて出てきたのだろう。

目だけを動かして見下ろせば、その足には深い傷があった。やはり冬嗣がすみれ達を狙っていた犯人だ。

「この娘の命が惜しければ今聞いたことは全て忘れてください」

冬嗣はすみれではなく鴬の元にいる貴月に語りかける。すみれの首には冷たい刃物のようなものが当てられていた。

「僕とてこの高熱の状態であなたのような懐刀に勝てる自信がない。できれば穏便に済ませたい。鴬様から手を放してください。でなければこの娘の首を切ります」

ぷつっと、刃先がわずかにすみれの首筋の皮膚を貫通する感触がする。貴月が険しい表情をして鴬の手首を放した。

鴬が冬嗣の元へ駆け寄ってくる。冬嗣のすみれを拘束する手の力が緩んだ。解放されるのだと内心ほっとしたすみれの頭上から、冷たい声が降ってくる。

「鴬様のことを泣かせたお前は殺します」

冬嗣の持つ短刀の先がすみれの首を引き裂こうとする。咄嗟《とっさ》に避けたので致命傷は避けられたものの、よろけて倒れたすみれに向かって、冬嗣は続けて腕を振り下ろした。

貴月の力強い手がすみれの二の腕を掴《つか》んで引き寄せたのと、鴬が冬嗣とすみれの間に割って入ったのはほぼ同時だった。

鴬の姿を視界に入れた冬嗣の動きがぴたりと止まる。次の瞬間、鴬が冬嗣の頬を打った。

すみれは鴬の突然の行動にぎょっとする。

「姉上を殺そうとしていたのは、やはりあなただったのですか？　何かの間違いではないかと信じていたのに……どうして勝手なことをするのですか」

「危険因子は排除すべきだからです。すみれ姫はあなたが術を持たないことを知っている。外廷で何も知らずに生きているだけなら見逃すつもりでした。けれど、藤花妃争の参加者として宮中に足を踏み入れたなら話は別です。この娘は、鶯様の敗因となり得る」

二人の間に険悪な空気が流れている。どうやら殺されかけたのは鶯の指示ではなく、冬嗣が勝手にやったことのようだ。

すみれは、唯一鶯の幼少期を知る人物。すみれの記憶が曖昧であったことを知らない冬嗣にとっては、鶯が術を持たないことを知っている危険人物である。術を持たないことが発覚すれば、藤花妃争への参加権はなくなる。鶯の長年の努力が水の泡となる。冬嗣が他の参加者の誰かではなく、真っ先にすみれを狙った理由がようやく分かった気がした。

短冊という己が犯人である証拠を残すことは、冬嗣にとっては忠告の意味合いもあったのかもしれない。鶯の懐刀である自分が見ているぞ、鶯のことを他の者に告げ口すれば殺してやる、という脅しだったのだろう。

「……あなたはわたくしの懐刀です。絶対服従すべき従者であり、わたくしの駒です。勝手なことは許しません」

自分よりもずっと背の高い、年も一回りほどは上であろう冬嗣に対して、鶯は少しも怯《ひる》んでいない。

「お言葉ですが、鷲様は姉への情に流されて判断を誤っております。自身の仕える姫を正しい道へ導くのも護衛の務めです」

「情？　まさか。わたくしは、憎き姉上と正々堂々戦える機会を逃したくないだけです。簡単に殺してしまってはつまらないでしょう。それも、わたくしの手で殺すのではなく懐刀の手を借りてなどありえません。術を持たずとも完膚なきまでに叩《たた》きのめす。これはわたくしの尊厳を懸けた戦いです。邪魔をすることは許しません」

冬嗣は眉の辺りに嫌な線を刻み、鷲の後方にいるすみれ達に目を向ける。

「──おい」

冬嗣から発されたのは、鷲にかける優しい声とは全く違う、凄《すご》みを感じる低音だった。

「今聞いたことを誰かに言えば命はないと思ってください。僕だけでなく、華一門《はないちもん》の全勢力をもってしてあなた方を殺します」

その目は殺意に満《み》ち溢れていた。すみれへの憎しみすらも感じられる。

「分かったら一度頷《うなず》いて立ち去ってください。今回ばかりは見逃しましょう」

すみれはこくりと頷き、貴月の体を掴んで何とか立ち上がった。

冬嗣は結界術を発動させてまだわずかに残る火元から人々を守る。熱のためか、その結界は以前見たものよりも弱々しく、膜が薄かった。

空に丸い月が浮かんでいる。

幼い頃、水面《みなも》に揺れる月を眺めて、鶯と共にまだ覚えたばかりの歌を詠んで遊んでいたことがある。忘れていた記憶の引き出しを一つ開けると、ぱらぱらと思い出が溢れてくるのが不思議だ。


内麻呂に引き取られ、宮中に住む場所を与えられていたすみれの母は、身分にふさわしくないと鶯の母からもその周囲からも虐げられていた。鶯の母が特に根に持っているようだったのは、正妻である自分よりも先に妾《めかけ》であるすみれの母が身ごもったことだった。

そのため母と同様すみれも昔から異様に疎まれており、すみれの母の目につかないところで鶯の母やその女房から陰湿ないじめを受けていた。

そんなすみれを、鶯はよく心配してくれていた。


『姉上、今日も打たれたのですか。頰が腫れています』

『暗いのによく見えるわね。鶯は目がいいわ』

『ここ最近、母上はずっと虫の居所が悪いです……。それに、何かおかしいのです。変なことを言ったり、人が違ったように物に当たったり……昔はお優しかったのに、最近わたくしにも怒鳴ってくるのです。わたくし、母上のことが何だか恐ろしくて……』

『大丈夫よ。私が守ってあげるわ。私がいる限り鶯には何もさせない』

『本当ですか？　本当に守ってくれますか？』

『ええ。どんなに怖い事があっても、私達はずっと一緒よ――』

過去のことを考え物思いにふけっていると、廂《ひさし》の下の廊下で座っていたすみれの元に貴月がやってきた。彼はすみれの髪を退け、首筋の血が止まったのを確認する。

「あの男、君に傷を付けたね」

声が一段と低い。落ち着いて見えるが、どこか不機嫌にも感じる。

「……貴月、怒ってる？」

「怒ってるかもね。一歩間違えれば顔に傷が付いていたから」

すみれは東宮妃として選ばれなければならない。そのためには美しさも重要だ。顔に傷など付いてはたまらない。

貴月はいつもそればかりだ。勝つことしか考えていない。それが彼の基本的な行動指針だと理解しているが、今ばかりは少し疲れるものがあった。

「鶯姫が術を持たないことを皆に言って、参加権を奪おう。華一門に狙われようが知ったことではないよ。君のことは俺が守る」

次にどうするかに関してあまり頭を回せていないすみれとは違い、貴月はさっさと次の作戦を練っているようだった。

「……それはできない」

月を見上げていたすみれは俯《うつむ》き、か細い声で訴える。隣の貴月がどんな表情をしているのか何となく想像できた。呆《あき》れているか怒っているかだろう。

「まさか、鶯姫のことを気にかけているの？」

案の定、厳しい声が返ってくる。

「妹なのよ。曲がりなりにも。術を持たないことを隠してはいたけれど、この儀式のために努力してきた」

「長い間関わりを断っていた妹なら他人と同じだ。変な同情心は抱かないことだね」

すみれは何も答えない。貴月が屈《かが》み込み、苛立《いらだ》ったようにすみれの顔を摑んで自分の方に向けさせる。

「母を助けたいという気持ちは、突然現れた妹の存在如《ごと》きで揺れる程度のものだったってこと？」

「鶯様に勝ちを譲るつもりはない。……ただ、鶯様を陥れるような卑怯《ひきょう》な真似《まね》をして勝ちたくないだけ」

「卑怯？　卑怯な真似をしているのは鶯姫じゃない？　本当は術を持たないのに、持っているふりをしているんだから」

　貴月の言うことは分かる。けれど、鶯のその後のことを想像するとどうしても思いきれなかった。

　術を持たないことを隠して藤花妃争に参加していたとなると、鶯は神聖な儀式で嘘を吐き通そうとした不届き者という烙印《らくいん》を押される。家名にも傷が付くかもしれない。そうなった時、期待に応えられなかった彼女が実の母や一族からどんな目を向けられるかは想像に難くない。

「悪いけど、君が嫌がっても俺は鶯姫のことを暴露する。最有力候補は潰しておくべきだからね」

　貴月はすみれの説得は諦めたかのようにすみれから手を離した。

　立ち上がった貴月の背中に向かって、すみれは負けじと指摘する。

「あなただって、鶯様のように隠し事があるわよね」

「隠し事？」

「さっき、水の術を使っていた」

　燃え盛る炎に向かって矢を放っていた貴月。術具の力に見せかけてはいたが、それにしては不自然だった。あれはおそらく貴月自身の術だ。

「――あなた、帝《みかど》と血縁があるのではないの？」

水の術は帝の直系しか扱えない。だから源一門《みなもといちもん》の貴月が使えるのはおかしい。

けれどすみれがこの目で見た術は、まるで水を操るような力だった。半信半疑ではあるものの、鎌をかけるような気持ちで貴月を見つめる。

宮中で幼少期を過ごした菖蒲が貴月のことを、知っている高貴な方と顔が似ていると言っていたのも引っかかる。

悪神に子を寄生させられたと言うが、一体いつ、どこでそれが起こったのか。悪神が内裏の地下にいるならば、貴月も過去にそこに入ることができる立場だった――すなわち、帝の直系であるのではないか。

立ち去りかけていた貴月はゆっくりとすみれを振り返る。

貴月が反応を示した。すみれはそれをいいことに、立て続けに指摘した。

「どうして身分を偽っているのか知らないけれど、よほどの事情があるのでしょう。重大な隠し事をしているあなたなら、鶯様の気持ちも分かるのではない？」

「……俺を脅すつもり？」

「あなたと敵対するつもりはない。けれど、鶯様のことを告げ口するのは少し待ってほしい」

試すように貴月を見つめる。空に浮かぶ月を雲が覆い隠し、貴月の表情が暗闇に隠れた。

長い長い沈黙が走った。

静寂の後、貴月は己の身分を明かす。

「俺は惟史《これふみ》の双子の兄だ」

惟史。今回行方不明になっている東宮の名である。

「……東宮様に双子の兄がいるということ？　そんな話は聞いたことがないわ」

「双子は不吉なんだ。この世に双子として生まれれば、どちらかは水龍《すいりゅう》に生贄《いけにえ》として捧《さき》げられ処分される決まりだった。双子の存在が表に明かされることはない」

すみれの住む地域でも、双子は不吉な霊力を持つという言い伝えがあった。しかしそんなものは、霊の存在の有無が見えるすみれからしてみれば事実とは異なるくだらない迷信だ。納得できない気持ちで続きを促す。

「本来であれば先に生まれた俺が次期帝になって、惟史の方が元服前に処分される予定だった。でも――」

貴月はぽつりぽつりと、過去にあった出来事を話し始めた。

◆

——十七年ほど前、貴月と惟史は、帝とその正室との間に双子として生まれた。

高貴な層における双子は世継ぎ問題に直結してしまう存在であり、古くから忌み嫌われていた。

そのため、本来惟史は生後間もなく殺される予定だった。しかし惟史と貴月の実の母である帝の正妻がそれを必死に拒否したことで、惟史は妥協案として幽閉状態で育てられることになった。

先に生まれた兄である貴月は大切に育てられた反面、後に生まれた惟史の扱いは帝の血を引く子供であるにも拘《かか》わらず粗末なものだった。

彼は母親の殿の隣にある、小さな窓のみがある獄舎のような小さな殿で長い月日を過ごしていた。外に出ることは許されず、元服の儀の際に殺されることをただ待つような幼少期だったらしい。

貴月は惟史と会うことは一切許されなかった。惟史の存在自体が穢《けが》れであり、貴月の即位や一族の繁栄を揺るがす存在であると教えられた。

しかし貴月は、自分と同じ日に生まれた弟というものをどうしても見てみたい気持ちがあった。

だから一度、周囲の反対を押し切って惟史に会いに行ったことがある。

窓の外から覗《のぞ》き込んだ彼は、忌み子として扱われているためか貴月のような立派な衣は着ておらず、食事も十分に与えられていないようで痩せ細っていた。

自分と同じ顔、同じ体格、同じ髪色——一瞬、幼心にそれを不気味に思わなかったと言えば嘘《うそ》になる。

息を呑《の》んだ貴月に、先に話しかけてきたのは惟史だった。

「お前のこと、知ってるよ」

声まで自分と同じであることに驚きながらも、貴月は聞き返す。

「知ってる……？」

「この窓からずっと見ていたから」

惟史は貴月を見て笑っている。貴月の目には、その薄ら笑いがほの暗く不気味に映った。

「外は楽しい？　いいなぁ。ここは寒くて侘《わ》びしくてつまらない」

幼い頃から穢れだと教えられてきた存在。けれど、目の前にいるのはただの、貴月と同じ小さな子供だ。

惟史の目の奥は淀《よど》んでいる。外に出ることを許されないせいで、貴月が成長の過程で得られたような豊かな感情が欠落しているようにも見えた。

「今回ばかりは許しましたが、もう二度とこのようなことはおやめくださいね」

乳母は貴月が惟史に会ったことを厳しく叱った。

しかし貴月は惟史の虚《うつ》ろな瞳がどうにも忘れられず、何だか気の毒な気持ちで聞いた。

「……彼はどうなるのですか？　このままずっと、死を迎えるまであのような場所にいるのですか？」

乳母はきっぱりと言い切った。

「元服の儀の際には処分されますのでご安心を。貴月様があの者を気にかける必要はございませぬ」

貴月はその時初めて、貴月の少し後に生まれたというだけで、惟史が殺される運命にあることを知った。


その日から、貴月はこっそりと惟史に会いに行くようになった。

今日は外でこんなことがあった、外にはこんな人がいる、と、物語を聞くように少しでも楽しんでくれたらいいと、窓の外から多くの話を語った。

惟史は貴月の話す内容全てを珍しそうに聞いていた。彼は本当に何も知らなかった。内裏にどのような建物があるのかも、自分の父親に何人の妻がいるのかも。

惟史は太陽の下で遊ぶ楽しさを知らない。

実の母親に抱き締められる喜びを知らない。

宮中で行われる数々の華やかな儀式も、彼がその目で見ることはこの先一生ない。

そう思った時、貴月の心に同情とともによからぬ企《たくら》みが生まれた。

閉じ込められている惟史を外に出し、自由にしてしまおうと。

幸い、惟史が閉じ込められている殿舎に見張りはいなかった。

誰もが寝静まった夜、灯篭のみが殿を照らす丑三《うしみ》つ時《どき》に、貴月は惟史のいる殿の鍵を外から開けた。

他人とは思えぬ双子の片割れ。東宮にはなれずとも、殺されるのではなく、逃げてどこかで幸せになってくれたらいいと思ったのである。

惟史は寝ているだろうかと思いながら中に足を踏み入れると、中からシャー、シャァァァと蛇のような大きな鳴き声が聞こえた。

暗くて足元が見えない。不気味に思い、手で壁に触れながらも一歩一歩と奥へ進んでいく。

窓からは月明かりが差し込んでいた。

部屋の奥に惟史が佇《たたず》んでいる。こんな時間であるというのに、彼はまるで待ち構えていたかのように立っていた。

その足元に小さな蛇がいた。普通の蛇ではないと思ったのは、その頭が五つもあったからである。物の怪《もののけ》かと思い眉を顰《ひそ》める貴月に、月明かりに照らされた惟史が言った。

「知ってたよ」

惟史の足元を見下ろしていた貴月は顔を上げる。

――次の瞬間、惟史は貴月の首を摑《つか》んで押し倒した。突然のことに反応できなかった貴月は床に背中を強打する。

「知ってたよ。お前がここに来ること。運命っていうのは本当にあるらしいねぇ」

「は……？」

惟史の言っていることが理解できず聞き返すと、ちくりと腕に謎の痛みが走った。そちらを見れば、貴月の皮膚を貫通して細長い〝何か〟が腕に入り込んできていた。貴月は驚いてその腕をもう一方の手で押さえるが、それよりも早くそれは完全に貴月の中に姿を消してしまった。

次の瞬間、激しい頭痛が貴月を襲った。

「ここにいる水龍様は運命が見えるんだ」

痛みに呻《うめ》く貴月を見下ろしながら、惟史は歪《ゆが》んだ笑みを浮かべる。

惟史はどうやら、自分の傍《そば》にいる五つ頭の小さな蛇を水龍と呼んでいるらしかった。

「何を言ってる……？　君は見たことがないのかもしれないけれど、水龍様は地下に祀《まつ》られている神様で、そんな蛇では――」

「このお方の方が、水平京の神にふさわしい」

惟史は冷たい目をしたまま、怒気を孕《はら》んだ声を出した。

「理不尽に虐げられる弱き者がこれだけ近くにいるのに守らず何が神だよ。僕は神にも仏にも祈り続けた。この小さな殿の中で閉じこもりながら何年も何年も何年も。だけど神も仏も僕の前には一度も現れなかったし一度も微笑《ほほえ》まなかった。ねえ、どう思う？　僕は閉じ込められていて見たことがないから分からない。お前達の言う〝神様〟ってのは一体どんなお姿をしているのかな？　どんな顔で神だと崇《あが》められ祀られているのかな？　僕がどれだけ願っても何も救いを与えてくれなかったくせに、まるで神様のような顔をして平気でこの国の神を名乗り続けているのかな？――そんなの許さないよ。僕はもうだめだ。祈りが呪いに変わってしまった。お前のことだって呪ったよ。呪い返されて死のうとどうでもよかった。どうせ死ぬ運命なのだからね。憎くて憎くてずっと呪った。僕が忌み子として贄《にえ》となる未来が決まっている一方で、お前は次期帝だ何だともてはやされていたよね」

早口で言い切った惟史は、すうっと息を吸い込み、貴月から手を離して立ち上がる。

「僕に外のことを教えて楽しかった？　さぞ優越感に浸れたことでしょう。いつだって見当違いな施しを与えようとするのは持たざる者より持てる者だ。僕の知らない外の世界のことを教えて、それで救った気になって、いいことをしたようで気持ちがよかったのかな？」

　貴月はそんなつもりではなかった。けれど、全身に痛みが走って伝えたいことをうまく言葉にできなかった。

「運命は理不尽だ。そんなお前が東宮になって僕が死ぬと示している」

　苦虫を嚙《か》み潰したような顔で、惟史が貴月を見下ろす。

　全身の痛みは続き、身体《からだ》は熱くなっていく。何かが貴月の身体を侵食しているような感覚があった。何かおぞましいものが中で蠢《うごめ》いている。

「な、にをした……？」

　掠《かす》れる声で問いかければ、惟史は嬉《うれ》しそうに笑みを深めた。

「さっきお前の中に入れたのは、ここにいる水龍様の未熟な子供だよ。そいつは一人では生きられないから寄生する。一生お前から離れない」

　耳を疑った。それは、この頭の痛みも一生続くということなのだろうか。

「水龍様は、僕に流れを変える好機をくれたんだ。この方こそが僕の神様だよ」

　貴月は惟史を自由にしてやろうと思っただけだ。けれど惟史は物の怪と一緒になって貴月に物の怪を寄生させ、弱らせようとしている。

「僕は運命を壊して東宮になる。生まれた瞬間から恵まれていたお前なんかに幸せな未来はやらない」

薄れゆく意識の中で、惟史の大きな笑い声が聞こえた気がした。

貴月の高熱はいつまでも続き、何度加持祈禱《きとう》を受けても治まることはなかった。内裏の物の怪討伐部隊が結界を張っているにも拘わらず、強力な物の怪が入り込んできて貴月を襲い続けた。物の怪達は貴月に寄生した存在の強い気配に呼び寄せられているようだった。

そんなことが季節が変わるまで続き、いよいよおかしいという話になった。

貴月は惟史の悪事を訴えたが、運命の見える蛇など熱に浮かされているゆえの戯言《たわごと》だと誰も信じてはくれなかった。

貴月と惟史の立場が逆転したきっかけは、朝廷が信頼しているある陰陽師《おんみょうじ》の言葉だった。

彼は貴月の体の中におぞましい怨霊がいると言い出したのだ。さらには、怨霊に取り憑《つ》かれた貴月をこのまま東宮にすれば大火などの災いが立て続けに起こり、水平京の安定が崩れ、動乱が長く続くと予言した。

どのみち貴月は死の境を彷徨《さまよ》っており、東宮が務まるような体調ではなかった。

貴月ではなく惟史を東宮にするという話が急速に進み、貴月はこれまで惟史が閉じ込められていた殿に閉じ込められてしまった。

悪神の子の影響で物の怪を引き寄せてしまうようになった貴月は、正式な皇太子にはなれずに終わった。体が丈夫な子と病弱な子では、丈夫な方が次期帝として選ばれるのが自然だ。


貴月は何年も閉じ込められていた。年を重ねるにつれて悪神の子を意識して動かすことができるようになり、ある程度状態は落ち着いた。けれどいくら体調が安定したところで貴月に待つのが死であることは貴月自身が一番分かっていた。


しかし——元服の儀の数日前、未来を諦めていた貴月の殿の鍵を開けた人物がいた。数年ぶりに見る母だった。

「貴月……！」

目を疑った。瞳に涙を溜《た》めた彼女は貴月を抱き締めた。昔と変わらぬ香の匂いが鼻をかすめた。

「貴月、ごめんなさい。惟史があんなふうになってしまったのも、そのせいで貴月がこんな目に遭っているのも全て、惟史が酷《ひど》い扱いを受けていると分かっていて助けてあげられなかったわたくしの責任だわ。本当はもっと早く、こうしてあげられていたらよかったのに……わたくしはとても、弱かった」

母上、と小さな声で呟《つぶや》いた貴月の肩を掴み、母は貴月を見据える。

「貴月、どうかここから逃げて。せめてあなたは、遠く離れた場所で幸せになるの。あなたには水龍様の加護があるわ。だからどんな場所にいたって立派な子になるに決まってる。わたくしはいつまでも、遠くからあなたのことを見守っているからね」

母の声も指先も、ひどく震えていた。ここに来て貴月を逃がすという選択の前にはどれほどの葛藤があっただろう。

母のしていることは朝廷の決定に背く行為だ。きっと何年も思い悩んで、元服の儀がいよいよ迫ったという今になってようやく決断できたのだ。

母は貴月が惟史にしようとしていたように、貴月を宮中から逃がした。

幼い貴月は行く当てもなくさまよった。しかしついには力尽き、道端で倒れてしまった。

その時、貴月の隣をある牛車が通った。

「外に人が倒れているぞ！」

雨に打たれる貴月の存在に気付いたのは、ちょうど物詣《ものもうで》から帰る道中だったという源一門の当主だった。

源一門の当主は貴月を屋敷《やしき》の中に案内し、休ませたうえで事情を聞いてきた。

宮廷に引き渡される可能性があるのであまり喋《しゃべ》りたくはなかったが、休ませてくれた恩があるというのと、彼の人柄を信用し、貴月はこれまでの経緯を正直に打ち明けた。

貴月の事情を聞いた彼はひどく驚き、突然「夢を見たのだ」と言い出した。

「ある夜から、毎晩南都の神社に参拝する夢を見続けるようになった。これは何かに呼ばれているのだろうと思い、物詣に行ってきた。そしてその帰りにあなた様を見つけた」

深く考え込んでいた様子の当主は顔を上げ、納得したように頷《うなず》く。

「南都の神社は我らが水龍様の分社だ。これも何かの縁――神様の思《おぼ》し召《め》しに違いなかろう。あなた様はここにいるといい。源一門の子供としてここで暮らしなさい」

貴月は目を見開いた。

「……俺の話を、信じてくださるのですか」

「当然だ。わたしは信心深いのでね」

当主は皺《しわ》だらけの顔で笑い、「今までよく頑張った」と貴月の頭を撫《な》でた。

◆

その日から貴月は、源一門の子供として生きていくことになったのだ。

突拍子もない話だが、貴月の目は嘘《うそ》を吐いているようには見えない。

「惟史が東宮となってから、元々祀られていた真の水龍の神座は壊され、新たに悪神が祀られるようになった。俺は母上が命をかけて俺を外廷に逃がしたことと、源一門の当主が俺を拾ってくれたことで今日まで生き延びたけれど、悪神は力の強い生贄《いけにえ》となるはずだった俺を逃がした母上を許さなかった。……母上は悪神に殺されたらしい」

真実を打ち明ける貴月の表情は暗く陰っている。

帝《みかど》の寵愛《ちょうあい》を受けていた中宮は、惟史の元服直前に病で亡くなったと伝えられている。表に出るのはその程度の情報のみだったが、実際にはそのような残酷な過去があったらしい。体中が重苦しい感覚になった。

藤花妃争に勝つことは貴月にとって呪いを解くためだけではなく、源一門への恩返しの意味合いもあるのだろう。源内氏の姫が藤花妃争に勝てば、源内氏及びそれに仕える源一門の地位が上がる。

月を見上げた貴月は、一拍置いて衝撃の事実を口にした。

「それに――今悪神を討たなければ国が滅びる」

「……え？」

「惟史は水龍への信仰心が強い。今いる神が偽者だと知っていて崇拝している。殺されるはずだった自分に協力して、助けてくれた存在だからね」

惟史はいずれ帝になる。そんな人物が、今水平京に巣くう病の原因となっている神の味方だなんて。

——貴月が背負っているものは、すみれの想定以上に重い。

「俺は弟を止められなかった。その結果が今の都だ。俺には責任がある。だからどんな手を使っても、誰を犠牲にしてでもこの儀式で勝ちたい。俺はそれくらい真剣なんだ」

「…………」

「一晩だけなら決断を待ってあげるよ。この国と鶯姫を天秤《てんびん》にかけるといい。俺は君のことをそこまで愚かだとは思っていない。良い返事を期待している」

貴月はそれだけ言って、母屋の奥へと去っていった。廂《ひさし》の下に残されたすみれは、しばらくぼんやりとしてしまって、格子の向こうの貴月に何か言葉をかけることもできなかった。

雲の間から出てきた月が、水面《みなも》に影を落としている。月の気配を感じる度に、切り捨てなければならない小さな妹の笑顔が、すみれの脳裏を掠めるのだった。

第五章　梅に鶯

東の空に薄白い明るみが広がる頃になっても、すみれはまったく寝付けなかった。貴月《たかつき》と顔を合わせるのが嫌で、一晩ずっと外で座っていた。眠気がやってこないどころか目が冴《さ》えてきている。

（なんか、だんだん腹が立ってきたわ……）

あんな話を突然聞かされて落ち着いて考えろという方が無理な話だ。昨日判明した衝撃の事実の量が多すぎてまだ頭が全て処理しきれていない。

そもそも貴月は、なぜあんな重要なことをこれまですみれに黙っていたのか。しかも、おそらくすみれが言い当てなければずっと隠していたままだっただろう。それも苛立《いらだ》つ要因だ。表向きは一緒に戦うことに同意しておいて、貴月の方はやはりすみれに対して一線を引いていたに違いない。

すみれはひとまず、一点だけ覚悟を決めて立ち上がった。

水平京《すいへいきょう》に巣くう疫病の原因となる偽の水龍《すいりゅう》をどうにかして、母の病を治す。このままだと国が滅びるというなら、それも止めなければならない。それが最優先事項だ。しかし、そのために手段を選ばないやり方はしたくない。

だから——鶯《うぐいす》と直接話して、内裏の真の現状を説明したい。国が傾きかねない事態とあらば、彼女も今祀《まつ》られているのが偽の神であると知っていて黙認している東宮の妃《きさき》を目指すなどとは言っていられないだろう。

(どうしても勝ちたいと言う貴月の気持ちも分かる。まずは、もう一度貴月と話して、説得したい)

そう思っていた時、堂々と馬に乗ってすみれの殿の門から中へ入ってくる男達が数名いた。衣の色からして、普段各門の警衛を担っている六衛府《ろくえふ》の下役だろう。このような早朝に、なぜこちらにいるのだろうか。

「失礼。昨日の火災の件でお聞きしたいことがあり参りました。少し付いてきていただけますか」

すみれはその言葉に納得し、促されるままに外に出る。

既に火災の調査が始まっているようだ。昨日の火は内裏にも移りかけていた。事件は最早、藤花妃争《とうかひそう》の参加者の内だけで済ませられる話ではない。こうして人目を避けるように呼び出されたのは、おそらく彼らが参加者の中に犯人がいることを疑っているからだろう。

「すみれ様は昨日卯《う》の花《はな》様と接触されていたご様子。かの姫に何か怪しいところはございませんでしたか？」

馬からおりた下役の一人が聞いてくる。

すみれは突然出てきた卯の花の名に驚いて目を見開いた。

「……なぜそのようなことを？」

「火は卯の花様の殿の周囲を避けるように広がっておりました。炎の術の使い手である卯の花様の懐刀《ふところがたな》であれば容易《たやす》い行いです」

火事が起こる前日は卯の花達と一緒にいた。だがその後のことは分からない。実際に見たわけではないので、卯の花達がやっていないとは言い切れない。

けれど、どうにも違和感を覚える。

わざとらしいのだ。鶴丸《つるまる》氏の卯の花は清華《せいが》氏の鶯に次ぐ第二の有力候補とも言える存在であり、その懐刀である火丸《ひまる》の術も当然広く知られている。参加者を殺すために火を使ってしまえば、炎の術を扱う火丸が怪しまれることは目に見えている。卯の花も火丸も、まだ幼いとはいえそんなことが分からぬほどに愚かしくは見えなかった。

何者かが、卯の花達が疑われるように仕向けているとしか思えない。

「卯の花様とお会いした時は、そのようなことを企《たくら》んでいたご様子はありませんでしたが……」

やんわりと反論すれば、下役達が途端に眉を寄せて目を見合わせる。

彼らにはすみれが卯の花を庇《かば》っているように聞こえたのか、急にすみれの手を強い力で掴《つか》み取《と》って歩き始めた。

「ちょ、ちょっと待ってください！　どこへ連れて行くおつもりですか！」

「実は、卯の花様とお会いしていたあなたにも共犯の疑いがかかっているのですよ。卯の花様の殿へ付いてきてください」

「そんな……！」

彼らはどうやら、既に犯人を卯の花や火丸であると決めつけているようだった。

（貴月とゆっくり話がしたかったのに……）

ここで逃げれば怪しまれ、卯の花やすみれへの疑いがより濃くなるかもしれない。悔しかったが、すみれは大人しく彼らに付いていくことにした。

卯の花の殿への道中で、昨日の火事の現場を通った。被害者は最小限に抑えられたようだが、数多く立ち並んでいた藤花妃争の参加者のための殿の多くは無事では済まなかったらしい。燃え尽きた建物の黒い残骸が転がっている。

卯の花の殿に近付くごとに、早朝だというのに人の声が聞こえてきた。それも少数ではなく、大勢の声だった。

「だから、俺じゃねぇっつってんだろ！」

どこかで聞いたことのある怒鳴り声がする。導かれるままに卯の花の殿の門を潜《くぐ》り抜けると、広い庭には大勢の参加者達が集まっている。術発動のための手印を結べぬよう腕を縛られた火丸を囲んで、明らかな敵意を向けていた。

「惚《とぼ》けるな！　昨日の火災で俺の姫様は顔に火傷《やけど》を負ったんだ！　これでは器量好みの東宮様に気に入られることも叶《かな》わない！」

「知らねーよ！　東宮様が妃を決める要素は顔だけじゃねぇだろ！　あと俺やってねぇし！」

「参加者を皆殺しにしようとするとは浅はかな！　早くこの事件を主導した卯の花姫を出せ！」

「卯の花はいねえって何回も言ってるだろ！　あと俺やってねぇし！」

同じことを繰り返す火丸は、ふと人混みの間からすみれの姿を視界に捉えた。目が合うと、火丸の瞳が懇願するように揺れる。

「卯の花がっ、卯の花がいなくなっちまった！　俺が捕まって、火事の犯人だって疑われたせいで、焦って急に走り出して……！　あいつまた暴走してやがる！　助けてくれ！」

縛られたまま叫んだ火丸の視線を追うように、人々がすみれを振り向いた。

すみれはその言葉を聞いてすぐ、自分の腕を摑んでいる下役達の手を力任せに振り払って走り出した。

「待て！　どこへ行くのだ！」

すみれの突然の抵抗を予期できなかったらしい下役達を振り切ることは容易く、すみれは庭を突っ切って廂に上がり、勢いよく妻戸を開く。

卯の花が隠れていると思われた母屋はもぬけの空だった。

後ろから、ひそひそと姫君達の意地の悪い声が聞こえた。

「本当にいないのではない？　逃げたのよ。やはり鶴丸氏の姫様が犯人だったのだわ」

「こんなに乱暴なことをするなんて。見かけによらないわね」

「昨日で何人の参加者が火傷を負ったと思っているの……由緒ある家格とはいえ許されることではないわ」

「そもそも、東宮様がいなくなられたこともおかしいのよ。あの姫様が東宮様に何かしたのではないの？　言霊術《ことだま》なんて何でもありでしょう。東宮様をどうにかすることだってできるわ。清華氏より有利になるための計らいなのではなぁい？」

「ふふ、あの臆病な姫様にそんな度胸があるとは思えないけれど」

「姫があんなのでも、後ろにいるのは鶴丸氏よ。狡賢《ずるがしこ》いと有名な」

火丸がぎりっと歯を噛《か》み締《し》め、姫達を睨《にら》み付《つ》けているのが見えた。自分が長年仕える鶴丸氏とその姫を侮辱されているのだから当然の反応だろう。

すみれはゆっくりと息を吐いて心を落ち着かせ、母屋の奥まで進んだ。

暗い室内で何かが数匹蠢《うごめ》いている。

犬神《いぬがみ》という物《もの》の怪《け》だ。犬の霊が宿ったもので、比較的よく見かける存在である。非常に鋭い嗅覚を持つと聞く。

その犬神らが先程から母屋のある一定の区画を嗅ぎ続けている。不思議に思って近付くと、そこには倒れた香炉があり、その先に赤黒い血が広がっていた。

嫌な予感が頭を埋め尽くす。卯の花が何者かに襲われ、攫《さら》われたのではないか。

どうして予測できなかったのだろう。香占いの際に仕返しをされたということは、犯人は東宮の居場所を探った卯の花の居場所を素早く逆探知したということ。できることなら卯の花の命を狙うに決まっている。

周囲を見回しても卯の花の死体はない。辛《かろ》うじて生きてはいるのだろう。ぎりぎりで逃げ切ったのかもしれない。

「我に従い、この血の持ち主の元へ導きなさい」

即座に犬神を調伏し、共に走って母屋から飛び出る。

「ひぃっ、物の怪！」

火丸に結んだ縄を掴んでいた参加者の懐刀らしき男が犬神の不気味な姿を見て怯《ひる》んだ隙に、男が手に持つ縄の先を犬神に噛み切らせ、火丸を解放した。

「立って！　卯の花様を捜しに行きましょう！」

まだ両手を動かせない状態の火丸ははっとした顔で立ち上がり、走り出すすみれに付いてくる。

「おい！　そいつは罪人だぞ！　手を貸すということは、やはり共犯か⁉」

「火丸が罪人じゃないってことは後で示すわ！」

背後から飛んでくる参加者達の罵声に言い返しながら、門を出て北へ走った。

追手がこないことを確認してから物陰に隠れ、きつく結ばれた火丸の縄を刀で切る。武具蔵で拾ってきた刀を念のため身につけておいて助かった。

「……お前、俺を信じるのか？」

火丸がすみれのことを得心のいかないような顔で見つめてくる。

「何よ、本当はあなたが犯人なの？」

「ちっ、ちげーよ！　でも、俺だったら信じらんねぇと思って……。昨日初めてちゃんと話したばっかだし、俺は失礼な態度だったし……。俺なら、少なくとも危険を冒してまで助けるなんて真似《まね》はしねぇと思って……」

「あなたを信じたというより、あなたの卯の花様への思いは信用に値するもののように見えたというだけ。よりによってあなたが、卯の花様に疑いがかけられるような形で他の参加者を陥れると思えない」

二人からはすみれと貴月のような即席の協力関係ではなく、古くからの馴染《なじ》みであるからこその絆《きずな》が感じられた。それに、火は術でなくとも熾《おこ》せる。何者かが殿に火を放っただけという可能性もあるのに、炎の術を持つからといって火丸を犯人にするのはやや早計だろう。

すみれは火丸の縄を解《ほど》ききり、犬神を見失う前にと再び走り出す。火丸も走ってすみれの隣に並んだ。

「お前、姫さんにしては走るの速《はえ》ぇな⁉」

そういう火丸も、体はすみれより小さいが、走るすみれと同じ速さで並んでいる。全く息を切らしていないところを見ると、やはり懐刀としての体力はあるのだろう。

悲田院《ひでんいん》では薬を嫌がって逃げ回る子供を追いかけ回していた。それがまさかこのような形で活《い》かされるとはと苦笑する。

血の臭いを辿《たど》る犬神は、そのうち霧の立ち込める広い松林へと入っていった。

「おいおい、魔の松原《まつばら》かよ！」

隣の火丸が露骨に嫌な顔をする。すみれは聞き慣れぬ単語に眉を寄せた。

「魔の松原……？」

「内裏のすぐ東にある松林だよ。昔はよく宴《うたげ》のために使われてたらしいけど、今は気味が悪いことでも有名だ。男女の幽霊が出たとか、鬼が人を食らって人の手足がばらばらに落ちてたとか、そういう怪談話しか聞かねぇな。肝試しで行く奴しかいねえらしい」

走りながら、すみれは周囲の様子を窺《うかが》った。肝試しに使われるというのも納得の不気味な林だ。松の枝には鳥一羽も止まっておらず、動物の気配すらないことがより不自然さを際立たせている。深閑として人気《ひとけ》はなく、風に乗って漂う冷たい空気が頬に触れるたび、夏に似つかわしくない肌寒さを覚えた。松の陰に隠れているであろう物の怪の気配も多く感じる。

（卯の花様は本当にこんな場所まで攫われたの……？）

あの血は香炉の先にあった。もしかすると襲われたのではなく、卯の花自身が危険を顧みずに再度香占いを試したのかもしれない。今度は前回よりも多く血を使い、確実に東宮の居場所を探れるように。火丸が疑われたことで焦り、一刻も早く東宮を見つけ出して身の潔白を証明しようとしたのだろう。

しかし、その行いは術を返される危険だけでなく、血の量からして死の危険も伴う。早く卯の花を見つけなければと意気込んだその時、犬神がふっと消えた――ように見えた。

犬神の向かった先に、人一人だけが通れそうな空洞がある。暗い通路に足を踏み入れると、その先に古びた階段が見えた。

「な……何だよここ。何か寒いし」

隣の火丸が怯《おび》えたようにすみれの後ろに隠れた。

「犬神が向かったのはこの先ね」

「ほ……ほんとに行くのか？　この奥に？　すげえ禍々《まがまが》しい雰囲気放ってっけど？」

「何怖がってるのよ。この先に卯の花様がいるかもしれないのよ？」

卯の花の名前を出すと、怯えていた火丸の顔付きが一変する。険しい表情ですみれよりも前を歩き出した火丸の歩幅は大きく、少し焦っているようにも見えた。

階段を下りきった先は青く光る洞窟だった。透明度の高い地底湖のうえに橋がかかっている。気温はひやりとしており、夏だというのに少し寒いくらいだ。

橋を渡った後は、地下とは思えない広さの空間に辿り着いた。いくつもの太い柱が立っている。その向こうには巨大な神殿がある。すみれはごくりと唾を飲み込んだ。

異様な気配がする。そう感じたすみれは、先を進む火丸の襟首を掴んで引き戻した。近場にある岩の陰に身を隠して息を潜める。

この先に――何かいる。

「東宮様……！　何をするおつもりですか!?」

柱の向こう、微《かす》かに聞こえるのは卯の花の声だ。距離はそう遠くない。すみれは岩陰から少し顔を出して様子を窺った。そして、はっと息を呑む。

見たこともないほど巨大な蛇がいる。驚くべきは、硬く尖《とが》った角の付いた頭が五つもあることだった。どす黒い体は神殿の方から伸びており、今見えている部分だけでなく、全体はもっと大きいであろうことが予想された。

その傍《そば》に立っているのに黄丹《おうに》の袍《ほう》を着用した長身の男。東宮しか身に着けることを許されない禁色のため、あれが東宮の惟史《これふみ》だろう。その正面には青ざめている卯の花がいた。

（本当に東宮様がいらっしゃるなんて……）

ずっと捜していた人物がすぐそこにいることに、すみれは驚きの声を上げそうになった。

卯の花の香占いは成功したのだ。貴月の言っていた通り、鶴丸氏の占いの効果はすさまじいものだったらしい。

しかし、当の本人である卯の花は東宮侍従らしき大男に腕を摑《つか》まれており、必死に身動《みじろ》いで抵抗している。

「わたしは東宮様を捜しに参りました！　それなのにどうして、東宮様は捕まっていないのですか!?　は、はなっ、放してください！　この大蛇は一体……!?」

確かに、攫われたはずの惟史は拘束されている様子もなく飄々《ひょうひょう》としている。

「質問の多い女だね。お前はこれから、尊き水龍様の贄《にえ》になるんだ。民のために身を犠牲にできるなんて嬉《うれ》しいでしょ？」

惟史は小さな体で暴れる卯の花を鬱陶しそうに見下ろしている。

「……違う……」

卯の花がか細い声で呟《つぶや》いた。

「違う？」

惟史はこてんとわざとらしいほど大きく首を傾《かし》げる。

「わたし、小さい頃から悪いものの気配に敏感で……大抵の人には見えないようなちょっとした低級怨霊がいても分かるんです……そういうの、感じ取れるんです。だ、だから分かります……」

「ふうん。何が？」

「そこにいる神様、悪いものです！　水龍様じゃありません！」

洞窟内に凍りつくような重たい沈黙が流れた。

「――〝悪いもの〟？」

静寂を破った惟史の声は、さっきよりも一段と低い。次の瞬間、彼は苛立《いらだ》たしげに卯の花の首を摑む。そのまま絞め殺してしまうのではないかと思われるほどの勢いだった。

「ぁっ……うっ……」

卯の花が苦しげに唇を歪《ゆが》ませる。対する惟史は、氷のように冷たい目で卯の花を見下ろしていた。

「誰に向かって口利いてるのぉ？　ここにいるのは、この世のいかなる存在よりも尊い、長年この国が祀《まつ》ってきた、この国を救ってきた、〝水龍様〟だよ？」

「ち、違いますっ！　それは水龍様じゃない！　どうして分からないのですか！　近くにいるだけでこんなに頭が痛くなるのに！」

卯の花はどうやら、惟史が神の入れ替わりに気付いていないものと思っているらしい。

彼女はもがきながら惟史を説得しようとしている。

「そうだねそうだねそうだねぇ。お前の知る水龍様ではないかもねぇ。ここにいるのは、僕を救ってくれた真の水龍様だから」

うんうんと頷《うなず》いているわりに、惟史から次に出てきた言葉は卯の花の言わんとすることを全く汲《く》み取《と》っていないものだった。

「だから僕はこの藤花妃争を楽しみにしていたんだ。今回の藤花妃争は、いわば贄の儀式だよ。僕にとっては妃《きさき》なんてどうだっていい」

卯の花がひゅっと息を呑む音がした。打ちのめされて声も出ない様子だ。

どうだっていい――それは、東宮の立場では嘘《うそ》でも言ってはいけない言葉だ。参加者は皆、命を懸けて家のために東宮妃の座を狙っている。それを、東宮である惟史本人が、どうでもいいなどと。

「お前、なかなかの術者みたいだね。水龍様も喜んでるよ。ここにいる水龍様はねぇ、水平京の人々の精神を蝕《むしば》むことで力を得る神様なんだ。殺さずにゆっくりと、人から正気を奪って生気を得る。けれど普通の人間をいくら蝕んだって大した力にはならないんだよねぇ。だから術を持つ娘が大量に必要だった。藤花妃争の間に人がいなくなっても、参加者同士の殺し合いが起こったと捉えられるだけだからね。昨日も火事の混乱に乗じて何人か攫《さら》って味見してもらったけれど、やはり優秀な術者の生気はおいしいらしいねぇ」

すみれの隣の火丸の表情が強張《こわば》る。鶴丸氏の姫としての卯の花の努力を傍で見てきたであろう彼は、手の平に爪を食い込ませ必死に怒りを抑えている様子だった。

惟史はくっと低く笑った。おかしくてたまらないとでもいうような締まりのない笑い声が洞窟内に響き渡る。

「まぁ、まさか僕を攫う愚か者がいるとは思わなかったけれどね。意味のない形式的な見世物に巻き込まれるよりはずっといい。最も良質な贄を探す間、姿を隠していられて好都合だった」

冷ややかな、意地の悪い笑みを口元に浮かべる惟史に、卯の花ははっとして噛《か》み付《つ》くように怒鳴り返す。

「藤花妃争は歴史ある神聖な儀式です！　前の代も、その前の代も……！　いずれ国母となり得る素晴らしい女性を選出するための儀式だったはずです！　それをそんなことに使うというのですか！　この儀式のために生まれてからずっと己を磨き続けていた姫だっておりますのに！」

その瞬間、笑っていた惟史の顔からふっと表情が抜け落ちた。

「鶴丸氏の姫君は臆病で誰にも歯向かわないものわかりの良い子だろうと思っていたけれど、違ったみたいだ」

惟史に興味を失ったかのように卯の花の首から手を離した。

卯の花の体から力が抜け、倒れそうになっているのを東宮侍従が支えている。悪神の気にやられたのか、首を絞めて落とされたのか、香占いで血を使いすぎたために限界が来たのか——この距離では見分けられないが、まずい事態であることに変わりはない。

先に立ち上がって術を発動させたのは火丸だった。火丸が手印を結んだ途端に火の渦ができあがり、それは一直線に悪神へ向かっていく。その動きに躊躇《ためら》いはなかった。彼は、卯の花が大蛇のことを悪いものだと言ったのを信じたらしい。

惟史の御身に攻撃をするわけにはいかないと思ったのか、惟史と卯の花のみを器用に避ける形で火が広がっていく。

火の熱気にいち早く気付いた惟史がゆっくりとすみれ達の方を振り向いた。その顔を見てすみれははっとした。

貴月によく似ている。本当に瓜二《うりふた》つだ。年頃の姫君達がさぞ騒ぐであろう絶世の美形。けれどその目の奥には、ぞっとするような冷たさがある。

存在に気付かれた。こうなっては考えている暇がない。応戦するため、すみれも手印を結んだ。

「——我に従え!」

悪神に向かって調伏術を発動する。悪神の目がぎょろりと動いてすみれを視界に捉えた。刹那、調伏術自体を勢いよく弾《はじ》き返《かえ》されたような衝撃が走った。

調伏できない。この感じは、貴月の体に寄生しているものを調伏しようとした時と同じだ。

全身が痺《しび》れ、激痛が走る。すみれはその場に倒れ込んだ。

惟史が手元にあった短刀を振るうと同時に、大きな水の塊が浮かんで弾け、火丸が術で生み出した炎が消《き》え失《う》せた。

惟史の身の回りにも龍をかたどった水の塊がぐるぐると回っている。

「すみれ！」

火丸がすみれに手を伸ばした次の瞬間、いつの間にか近づいてきていた惟史の足が火丸のことを蹴り飛ばした。火丸の術は水の術を扱う者とは相性が悪すぎる。さきほど悪神を包み込もうとしていた炎も、惟史の術によりこの短時間で全て消えてしまっている。

地面に倒れた火丸を踏み付けにしている惟史は、必死に起き上がろうとするすみれを見下ろした。

「調伏術の使い手ねぇ。いいねぇ、調伏術は珍しい。水平京の民のほとんどは使い物にならないけど、強い術者には存在価値があるよ。水龍様のお役に立てるもの」

すみれはまるで民を道具のように表現する惟史が信じられず、震える声で問いかけた。

「あなたは……民が今どうなっているのか知っているの」

惟史は「んー？」と興味なげな相槌《あいづち》を打ちながら、笑顔で火丸の背中を足で踏《ふ》み躙《にじ》っている。その張り付いたような不気味な笑みが、すみれの目にはとてつもなく不快に映った。

「疫病が流行《はや》っていることは？　路上に死体がごろごろと転がっていることは？　大切な人が疫病で正気を失って苦しむ人がいることは？　あなたは本当に何も知らないの？」

矢継ぎ早に問いかけたすみれに、惟史は悪びれる様子もなく答えた。

「どうでもいいよぉ。そんなこと。僕はこの国を絶対的な権力で支配したいんだ。水龍様と一緒に恐怖で民を支配して、誰も逆らうことのできない帝《みかど》になる。お父上はどこまでいっても民に甘くて臆病なお方だからね。争いごとを嫌う穏やかな性格のせいで何をしてもいいものと舐《な》められて、寺社勢力による強訴《ごうそ》も受けている。相手は要求を呑めば呑むほど付け上がるってことをお父上は分かってない。このままじゃいずれこの波は大きくなるよ。今多少の犠牲を増やせば水龍様のお力が増して、揺るぎない権威の基盤ができあがる。そしたら僕はきっと、歴史に名を残す帝になるでしょ」

悲田院に運ばれてきた人々やその家族の顔が頭に浮かぶ。症状が酷《ひど》くなってご飯も食べられなくなり、死んでいった人々が大勢いる。それを彼は〝多少の犠牲〟と言った。

（あれだけ多くの人が苦しんでいるのに？）

口元にあるほくろ以外は、貴月と同じ顔。貴月と同じ声。手段を選ばないという点でも貴月は惟史と似ているかもしれない。けれどすみれは――目の前にいる惟史よりも、民のために今責任を取ろうとしている貴月の方が、東宮になるべきだったのではないかと強く思った。

頭が痛い。火丸も苦しそうだ。悪神の傍《そば》にいるだけでこれだけ影響が出るのに、なぜ惟史だけが平気なのか。

惟史は倒れたまま動かない卯の花の髪を摑んで顔を上げさせる。卯の花はうう、と低く唸《うな》ったが、意識は朦朧《もうろう》としている様子だった。

「……もう死にかけてる。確かにこの子はよほど耐性がないみたいだ。水龍様が生気を吸う前に死なれたら困るし、あれを出して」

東宮侍従がさっと素早い動きで惟史に瓶子《へいじ》を差し出す。惟史はそれを傾け、中の液体を薄く口を開いている卯の花の口の中に注《つ》ぎ込んだ。そして、「飲め」と短く命じる。すみれは咄嗟《とっさ》に「だめ！」と叫んだが、卯の花は頭が働いていないようで、口の中に入ってきたものをごくりと飲み込んでしまった。

「卯の花に得体の知れないもん飲ませてんじゃねぇ！」

惟史の足元にいる火丸が雷のように大きな怒りの声を上げた。火丸の大声が響いたのか、惟史は煩わしそうに耳を手で押さえる。

「きゃんきゃんうるさいなあ。ただの酒だよ」

「嘘つけ！　毒だろどうせ！」

東宮侍従がすっと立ち上がり、卯の花に飲ませたものと同じ酒を惟史に差し出した。

惟史は躊躇いもなくそれを受け取り、自身も飲み込んでいる。その様子を見る限り、毒というわけでもなさそうだった。

(あれは一体……?)

最後に東宮侍従も同じものを飲んでいるのを見て不審に思い、ちらりと卯の花に目をやれば、苦しそうに顔を歪めていた彼女の表情が安らかなものに変化していた。

惟史も東宮侍従も、すみれ達とは違い悪神の近くにいるにも拘《かか》わらず平気で立っている。あの酒を飲まされた卯の花も、少し顔色がよくなったように見える。

――あの酒を飲めば、悪神からの干渉が和らぐのかもしれない。

(そうだとしたら、あれがあれば母上も……!)

立ち上がって手を伸ばしたい。あれを惟史から奪い取りたい。けれど体が重い。

悔しい。すぐ目の前に全ての元凶となる存在がいるのに、調伏もできない。

その時、悪神の口が開いた。長い舌が見え隠れする。シャー、シャァァァと、声というよりも空気を吐き出すような音が何度かした。

「あの呪術使いを先に食べたいのですか? 分かりました。あの者が呪術を使いすぎて疲弊するまで待つ予定でしたが……いいでしょう」

惟史が愛おしそうに悪神の体鱗《たいりん》を撫《な》でながら語りかける。

すみれには理解できなかった。しかし、惟史には悪神の言葉が分かるらしい。

「水龍様は先に呪術使いを喰《く》らいたいらしい。そいつらは適当にしまっておいて」

惟史は東宮侍従にそう告げた後、楽しげに神殿の向こうへ去っていく。大蛇もずるずると這《は》って神殿の中へと戻っていこうとしている。

呻《うめ》き声を絞り出す力しか残っていないすみれは、火丸達と共に東宮侍従に連れ去られてしまった。


卯の花、火丸、すみれの三人が閉じ込められたのは地下牢《ろう》だった。空気は冷たく、食べるものもなく、人の気配のない静かな場所だ。何度か助けを求めてみたが、声が響くばかりで誰も来る気配がない。

すみれ達が動けるようになったのは、閉じ込められてから随分と時間が経《た》った後だった。火丸が術を使っても檻《おり》は壊せなかった。近くに物《もの》の怪《け》がいないためすみれの方も手詰まりだ。

意識を取り戻した卯の花はずっと泣き続けている。

「卯の花、この檻、言霊術でどうにかできねえか？」

「うっ、ううっ、びえぇ……さっきからずっと頭が痛くて……術も使えない」

悪神の傍にいたからか、悪《あ》しき気に敏感な卯の花は相当疲弊しているようだった。冬嗣《ふゆつぐ》の結界術が高熱で弱まっていたように、術の強さは術者の体調に左右される。無理強いはできないだろう。

これまで見てきた中で一番激しい勢いで咽《むせ》び泣《な》いている卯の花の隣に座っている火丸は、悲しそうに眉を下げた。

「……一緒に勝とうって言ったばかりだろ。こんな危険な場所に一人で来るなよ」

「わたしだって昨日はそのつもりだった！　でも状況が変わったの！　あの人達は本気でわたし達を切り捨てようとしてる！　そのためにあんな火事を起こすなんて……っ」

卯の花が取り乱したように高ぶった声で言い返す。そして、はっと焦りの表情を浮かべた。

（……あの人達？）

卯の花が口籠ったために、牢内に静寂が訪れる。しばらく待っていても卯の花からの追加説明はない。卯の花は余程焦っているのか涙が引っ込んでおり、嗚咽《おえつ》すらも聞こえなくなった。気になるが、卯の花が顔面蒼白《そうはく》であるところを見ると今聞くべきではないように思って黙り込む。

「……俺に隠してることがあるのか？　卯の花」

しかし、すみれが聞きづらかったことを火丸はあっさりと尋ねてしまった。

再び重たい沈黙が流れる。すみれは火丸達からは一歩引いた場所で内心ひやひやしながら二人の様子を見守っていた。

長い長い時間が流れた後、卯の花は涙声で真実を暴露した。

「東宮様を隠そうとした犯人は、わたしなの……！」

ぼろぼろと玉のような涙を零《こぼ》す卯の花の話の内容は、とてもすぐには信じられないものだった。

「わたしの言霊術は、生命に対してうまく作用しない。作用しても反動で術をかけた人の命が危うくなる。わたしの術で東宮様を一時的に隠すというのは無理だった……。だから、和泉《いずみ》氏の菖蒲《しょうぶ》様に頼んだの」

「は、はあ？　何だよそれ、聞いてねぇよ。そもそも、そんなことしても和泉氏の姫に利点ねーだろ」

「彼女は本来、藤花妃争に参加できない身分だった。罪人の娘だから。でも、そこを帝と面識のある父上が推薦して参加できることになったの」

卯の花の話が事実なら、藤花妃争が始まる前から、鶴丸氏と和泉氏は手を組んでいたことになる。けれど、だとしても不可解だ。

「ちょっと待って。菖蒲様の術は怪力術でしょう？　東宮様を隠すなんて芸当はできないはずじゃない？」

卯の花は横から口を挟んだすみれを一瞥《いちべつ》し、再び俯《うつむ》いて答える。

「菖蒲様ではありません……。その傍に、今回の藤花妃争の懐刀の中で最もお強い方がおられます。強いどころの話ではなく……彼女は禁術を扱えます。彼女であれば、東宮様本人に気付かれないよう眠らせて、誘拐することも可能でした」

菖蒲にべったりと寄り添っていた、痩せ細った髪の長い懐刀。菖蒲からは病弱だと聞いているが、彼女にそれほどの力があるというのだろうか。

「公には隠されていますが、彼女は呪術使いの家系の末裔《まつえい》です。海の向こう、菖蒲様が流された流刑の地で、彼女だけが唯一生き残っていたそうです」

呪術は術者本人にとっても安全な術ではない。使えば己に返ってくる。赤朽葉《あかくちば》の体にある異様な数の傷は、呪術でできたものだったのかもしれない。

「ご存じの通り、勢いの弱まった和泉氏よりも、我々の方が今は権力があります。なので、当初わたしのお父上は呪術使いである赤朽葉様だけを引き取ろうとしたそうなのですが……赤朽葉様にとっては家の力など関係なかったのです。赤朽葉様は和泉氏の菖蒲様のことを崇拝しておりました。唯一の呪術使いを、我々は菖蒲様からそう簡単には引き剝がせなかった。だから……和泉氏ごと味方に付けようと思ったのです。東宮様を誘拐させ、それをわたしが見つけたように見せることで、藤花妃争で活躍を見せつけるつもりでした。そして、わたしが東宮妃となったあかつきには、鶴丸氏が和泉氏を支援すると言ったのですが……」

卯の花の語尾が弱まっていく。その先は言われずとも分かった。鶴丸氏を裏切ってまで勝とうとするほど、和泉氏の姫の野心が強いことは想定外だったのだろう。

菖蒲は当初鶴丸氏の計画に手を貸すような動きを見せていた。実際東宮である惟史を赤朽葉の力で誘拐した。しかし後になってもその居場所は卯の花に伝えず、手柄を全て自分のものにしようとしたのだ。だから菖蒲はあの時、惟史を見つけた者を有利にするという案に誰よりも早く賛成したのだろう。

清華氏に一歩及ばない鶴丸氏が勝つために打った苦肉の策が、逆に鶴丸氏を追い詰めてしまっている。

あの火事も、卯の花達を犯人に仕立て上げたうえで、自身の活躍を見せつけるためのものだったに違いない。

火丸が戸惑いを露《あら》わにして聞いた。

「何でそんなこと、懐刀である俺が聞かされてねぇんだ?」

「お父上は、どんなに汚い手でも使う人。今回禁術を扱う人を利用しようと言い出したのもお父上。でも……それに賛成したのはわたし。……わたしのそんな汚い部分は、火丸には知られたくなかった。火丸の中では綺麗《きれい》であどけないお姫様でいたかったんだよ」

鶴丸氏は、正攻法では清華氏に勝てないと判断し、本来は取り締まらなければならない禁術を利用しようとしたのだ。知られたくないと思う気持ちも分かる。

衣の裾をきゅっと握った卯の花は、横にいる火丸から顔を隠すように体を丸くした。

「わたし、火丸を不幸にしてる……？」

「はあ？」

「わたしの家が以前より力を失ったから、鶴一門《つるいちもん》も前より衰えたでしょ。そのうえ、火丸をこんな形で危険に巻き込んだ。勝つために危険な選択をするなら、絶対巻き込まないって決めてたのに」

一拍置いて、火丸が卯の花の頭上で大きな溜《た》め息《いき》を吐く。火丸に嫌われる恐れからか卯の花の体がびくりと揺れた。

「俺は贅沢《ぜいたく》がしたくてお前のこと守ってんじゃねぇよ」

だが、火丸の優しく諭すような声にはどこにも卯の花を咎《とが》めるような響きがなかった。おそるおそるといった風に顔を上げた卯の花は、涙と鼻水でぐちゃぐちゃだ。その可愛《かわい》くも情けない見た目に、火丸はぶっと噴き出した。

「ひ、ひどい、火丸、顔見て笑うなんて」

「いや、真剣な話してる割にはあまりにも締まりのねぇ顔してるから……」

火丸は声を出して笑いそうになるのを口元を押さえて懸命に堪えている。そして、もう片方の手で卯の花のふわふわの髪を撫でた。

「不幸なんて思ったことねえ。卯の花の傍《そば》で卯の花を守れるならそれが俺にとっての幸せだ。暮らしがどうとか、俺が一度でも文句言ったかよ」

卯の花の頬がみるみる紅潮する。対して火丸の方は何でもないような涼しい顔だ。傍《はた》から見ているすみれの方が何だかむず痒《がゆ》い心地になってきた。

その時、突然火丸が二人を見守っていたすみれの方を振り向いた。

「あと、お前にも言いたいことがある！」

「え……私？」

心当たりが全くない。一体何を言われるのだろうと戸惑いながら次の言葉を待っていると、消え入りそうなか細い声で思いがけないことを伝えられた。

「…………嫌いとか言って悪かった」

ここが洞窟の奥でなければ風にでもさらわれて聞き取れなかったであろう声量だ。

すみれはぱちぱちと目を瞬《しばた》かせる。そして、少し遅れてぷっと噴き出した。事態は緊迫しているというのに、こんな可愛らしい謝罪を受けてしまってはたまらない。

「な、何笑ってんだ！」

「いいえ。気にしてないわよそんなこと」

ふ、ふふ、と肩を揺らしたすみれは、先程よりも幾分か軽くなった気持ちを胸に、卯の花達を見つめた。

「卯の花様の術が回復するまで待ちましょう。卯の花様も、さっきより顔色が良くなっているわ。きっともう少し休めば術が使えるはず。ずっと出られないってことはないはずよ」

二人はすみれの言葉に深く頷《うなず》いた。ずっと立っていたすみれは卯の花の横に座り込み、黙って卯の花の背中を擦《さす》る。

二人の手前、前向きな言葉をかけはしたが、果たして卯の花の術が回復するまでの猶予があるのかは不明だ。

卯の花の話からすると、悪神が所望している呪術使いというのは赤朽葉のことだ。惟史はおそらく彼女の元に向かっている。そして、それが終わればこちらに戻ってくる。

それまでに逃げ出せなければ詰みだ。しかし、この地下牢には人が来る気配がない。

すみれは不安な気持ちで檻の外を見た。どこまでも続く洞窟の先は真っ暗で、ここがどこに繋《つな》がっているのかも分からない。

真っ先に貴月の顔が頭に浮かんだ。こういう時に思い出すということは、意外にも自分は無意識に彼を頼りにしていたらしい。

(ここに来てくれないかしら)

ぼんやりと願った後で、すみれは自嘲した。

――助けに来てくれるわけがない。

昨夜言い争いをしたばかりだ。そのうえ勝手にいなくなった。

彼は扱いづらいすみれがいなくなって清々しているかもしれない。彼が戦っていた理由と背負っている責任の重みを、すみれは何も知らなかった。何も知らずに一緒にいた。

彼はすみれが藤花妃争から逃げたと思っているかもしれない。参加者の変更が途中からできるのかは分からないが、もしできるのなら、今頃すみれの代わりとなる姫を探しているだろう。

悪い想像が頭の中を駆け巡る。もしも今惟史とその侍従達がここへ来たら、弱っている卯の花を守れるだろうか。少なくとも悪神を前にすればすみれも火丸も立ち向かえない。

無限にも感じられる時が過ぎた後——遠くから複数の足音が聞こえてきた。洞窟であるため か音が響いており、人の気配はすぐに分かる。

頃合いからして惟史だろう。もう戻ってきたのだ。

絶望で胃が痛くなってきた。火丸が恐怖で蒼白している卯の花を庇《かば》うように立ち上がった。すみれも立ち上がり、一歩前に出て火丸に並ぶ。

刀は持っているが扱えるほどではない。しかしこうなってはどうにかするしかない。

目を凝らして暗闇の先の様子を窺《うかが》うがあまり見えず、諦めて目を瞑《つむ》り音に集中した。

（人が一人……それに何か……この音は、荒い息？）

はっと気付いたすみれは目を開け、隣で手印を結んで術の発動の準備をしている火丸の腕を摑《つか》む。

「違うわ、東宮様じゃない！　あれは――」

「揃《そろ》いも揃って牢《ろう》入りか。鶴丸氏の懐刀のくせに、随分情けないことだね」

その深縹《こきはなだ》色の髪は、一瞬惟史と見間違えそうになる。しかし、召し物や口調からはっきりと彼本人ではないことが分かった。

目の前に現れたのは貴月と――その足元ではっはっと呼吸を繰り返す犬神の姿だ。

「どうしてここが……」

すみれは安堵《あんど》で脱力した。

「この犬が案内してくれたよ」

貴月が顎で足元の犬神を指す。

すみれと距離が開いた時点で調伏術は解除されたはずだ。けれど、犬神は元々人懐っこく従順な性格をしている。調伏術が切れた後も、一度従ったすみれを助けようと捜していたのだろう。貴月を案内したのはおそらくすみれの匂いがするからだ。今日まで同じ殿で過ごし、香の匂いが衣に移っていたのが幸いだった。

「貴月、どうにか外から助けを呼んでくれない？」

事態の説明をするのは後だ。今はとにかくここから逃げ出さなければいけない。

格子を摑み、逸《はや》る気持ちで檻《おり》の外、間近にいる貴月に訴える。しかし、貴月はゆるりと口元に弧を描くばかりだった。背筋に鳥肌が立つような笑顔だ。

「どうしようかな」

「……え？」

「だって君、すぐ俺の前からいなくなるから。いっそこのままここに閉じ込めておいた方が俺は焦《じ》らされなくて気が楽かもね？」

すみれは呆然《ぼうぜん》と貴月を眺めた。遅れて焦りが生じてくる。

（お……怒ってる……）

朝には話し合う予定で時間をくれたというのに、すみれは約束を果たさず卯の花の様子を見に行き、そのまま惟史に捕まってしまった。おいそれと協力的にはなってくれないだろう。

「おい！　何言ってんだ！　俺らはそんな場合じゃねえんだよ！　早く人を呼べ！」

「傍にいながら姫の一人も守りきれなかった懐刀に命令される筋合いはないよ」

火丸は貴月に痛いところを突かれ返す言葉がないのか、ぐっと言葉に詰まっている。

一瞬火丸の方に向けられた貴月の視線が再びすみれに戻ってきた。

「どうしてこいつと一緒にいるの？　俺よりこの小さな懐刀の方が頼りになると思った？だとしたら見る目がないね」

その言葉には棘《とげ》がある。

「違うわ。最初は、火事で卯の花様と共謀した疑いをかけられて無理やり連れて行かれて……」

「だとしても、連れて行かれる前に俺に助けを求めることだってできたんじゃないの？」

「そんな暇なかったのよ。今のこの状況に関しては謝るって言ってるじゃない」

「口だけじゃなくて行動で示してもらわないと困るな。君、一緒にと言い出した割には単独行動が多いよね。一人で何でもできると思ってるんじゃない？」

素直に謝らねばと思うのに、その責めるような目付きに対抗意識の方が強く芽生えてしまって言い返す。

「一人で何でもできると思ってるのはそっちでしょう。自分のことはひたすら隠し通す気だったんでしょう？」

すみれはおろした刀の柄をぎゅっと握り締めた。

「昨日打ち明けられた事実だって急すぎるのよ。突然あんなこと言われて、選択するのにも一晩しかないなんて……」

「時間なんていつまでも与えられないよ。有利になるなら早ければ早い方がいい」

「私だって受け止めるのに手一杯なの。もっと早く伝えてくれていればあなたの態度にも納得できたのに、どうしてずっと黙っていたの？」

「俺の背景を知ったところで、君の行動は変わらないだろ。なら知らせるだけ無駄だよ」

「それ、私が勘付かなければずっと黙っていたということよね？」

突然言い争いを始めたすみれ達を、卯の花と火丸がはらはらした様子で見つめている。

「あなた、本当に私と一緒に協力していく気はあったの？　いざとなれば私は巻き込まず、一人でどうにかする気でいたんじゃない？」

言いながら、すみれは心の中で「違う」と思った。こんなことが言いたいのではない。この怒りは今抱いている感情の本質ではなく、言いたいことはもっと奥にある。

言い争うすみれと貴月の間に割り込むように火丸が入ってくる。

「お、おい。ちょっと落ち着けって。何の話か知らねぇけど、今は喧嘩《けんか》してる場合じゃ……」

「火丸は黙ってて」

「君は黙ってなよ」

すみれと貴月の声が重なった。

そこでふと視線を感じ、はっとして横に目を向ける。卯の花が心配そうな顔付きでおろおろしている。

熱くなりすぎた。こんなことを言いたいわけではないのだ。助けに来てくれた人に言う言葉ではない。これほどまでにもやもやするのには、きっと理由がある。すみれの根底にある、最初に感じた感情は――。

「……もっと私を、頼ってほしかった」

喉の奥から絞り出した本音はわずかに震えていた。

「あなたが重たい事情を、訳知り顔で一人で背負っていることに腹が立ったの」

ようやく怒りに任せるのではなく、落ち着いた口調で伝えることができた。

きっと貴月が藤花妃争に参加することを止めた源一門《みなもといちもん》の人達もこのような気持ちだったただろう。それを貴月本人はきっと分かっていない。

「ごめんなさい。頼られないのが悔しかっただけだわ。あなたは助けにきてくれたのに言い過ぎた。……助けに来てくれてありがとう。感謝してる」

腕組みをした状態の貴月を見上げて素直に謝ると、貴月は面食らったように目を見開いていた。すみれが急にしおらしくなったことに戸惑ったらしい。

しばらく黙っていた貴月は、急に自身の衣の袖を捲《まく》った。するとその腕から悪神の子が出てきて、檻に勢いよく体当たりして破壊する。

「ひ、ひやあああああ!!　ばっ、ばっ、ばけものぉ……!!」

騒がしくなったのは卯の花だった。高貴な姫から出たとは思えないほどの声量を出し、泣きながら火丸にしがみついている。

「ちょ、ちょっと、出して大丈夫なの？」

はらはらしながら聞くすみれに、貴月は「しばらく使っていなかったから問題ないよ」

と余裕綽々《よゆうしゃくしゃく》の表情で言った。

　ならいいができれば使わないでほしい、と心配しつつ、破壊された部分からまずは卯の花と火丸を外に出す。続いてすみれが最後に出た。

「ここに来るまでにあなたも気配を感じたと思うけれど、私達全員、悪神を見てしまって惟史に捕まった。私は悪神を調伏できなかった」

　貴月に状況を端的に伝える。

「本当にここにいたの？　俺は悪神を見ていないし、気配も感じなかったけれど」

「ええ？　魔の松原から来たならここに来るまでの通り道で会ってるはずよ」

「俺は内裏の西から入った。入口から術の気配を感じたから、入口が不規則に変わるような術が施されているのかもしれない。地下自体も迷路のように入り組んでいたし、悪神を普通に捜すのは困難だろうね」

　それほど巧妙に隠されている悪神の元まで辿《たど》り着《つ》けた卯の花が凄《すご》いのだと思い知る。鶴丸氏の香占いは本当に精度が高いらしい。随分血を流したようなので、しばらくは控えてほしいところだが。

「君達はどうする？」

　犬神に案内されて地上を目指しながら、貴月は卯の花達を横目に見た。

「はっきり言って、君達は都から離れた方がいい。惟史はしつこい男だからね。一度目を付けた君達が近くにいる限りは追うと思うよ。鶴丸氏の元々の本家は越後国《えちごのくに》にあったという話だよね？　できればそっちに身を移すことを勧める」

「はぁ!?　勝手に決めてんじゃねぇよ！　俺らがどうしようがお前には関係ねぇだろ！」

「今の君達じゃ惟史に殺されるって言っているんだよ。忠告は聞いた方がいい」

「お前が東宮様の何を知って……」

顔を上げて反論しようとした火丸は、言葉の途中で口を閉ざした。

改めて見ても、惟史と貴月の顔はあまりにも似ている。衣服やほくろの有無で違いは分かるが、顔の造形は全く同じだ。他人の空似では片付けられない。

火丸は察したのだろう。目の前にいる男が、何か余程の事情を抱えてこの場にいる、高貴なお方であろうことを。

火丸はしかし、それでも納得できないように顔をしかめた。

「でもそれじゃ、藤花妃争は……」

「勝ったところで利用されるだけだ。大切なお姫様をあの男に嫁がせるつもり？」

火丸がぐっと黙り込む。惟史の悪神崇拝ぶりを見て、自分がこれまで仕えてきた存在を引き渡そうとは思えないだろう。

「……卯の花は、ここに来る前、〝東宮妃になりたい〟って言ったんだ。卯の花はこういう性格だから、あんまり自分の意思を発言することねぇのに。その卯の花が初めて自分からなりたいって言ったことだ。長年の護衛としては叶《かな》えてやりたくなる」

複雑そうに俯《うつむ》く火丸の衣の裾を、卯の花がくいっと引っ張った。

「火丸。それはもういいよ」

小さな声だが、確かな覚悟の色があった。

「わたし、東宮妃なんて地位はいらない。わたしも、火丸と一緒にいられたらそれでいい」

意を決したような面持ちで火丸を見据える卯の花。火丸は驚いたような顔をした。

彼女は全て幼馴染《おさななじ》みの火丸を基準に物事を決めている。藤花妃争に本気だったのも、火丸に良い思いをさせたかったからだ。

その火丸本人が贅沢《ぜいたく》はいらないと言ったのだから、彼女が無理をしてまで戦う理由はなくなった。

「わたし達はこのまま都を出ます。藤花妃争は辞退という形になります」

決める時は迷いなく決断をする。鶴丸氏の姫君らしい、誠に凛々《りり》しい佇《たたず》まいだった。

卯の花は目を細め、すみれにゆっくりとした口調で提案した。

「……共に来ますか？」

卯の花と共に行く。それは、ここから逃げることを示す。

すみれは隣の貴月を窺《うかが》った。このような発言、真っ先に口を挟んできそうな貴月が黙っている。すみれに選択を委ねているように感じた。

惟史や悪神のことは貴月の話で知っていたとはいえ、実際に対面するのは初めてだった。彼らに会ったうえですみれがどう思ったかを観察しているのだろう。試していると言ってもいい。

それを理解したうえですみれは卯の花に向き直り、はっきりと答えた。

「いいえ。私は貴月とここに残る」

卯の花がぎょっとしたような表情を浮かべ、不安げにもう一度すみれの意志を確認する。

「に、贄《にえ》にされてしまいますよ……？　まだ東宮妃を目指すおつもりですか？」

「元々、神様があんな状態であることは知ってたの。そのうえでここへ来た。あの悪神を止めるためにね。……それに、突破口がないわけでもなさそうだった。卯の花様が飲まされていたお酒、あの悪神の影響を受けない作用があるみたいなの。あれがあれば疫病にかかった人もどうにかなるかもしれない」

「疫病……」

卯の花はすみれの発した単語をぽつりと繰り返す。

「よく分かりませんが……わたしが口にしたというお酒があれば、すみれ様のお役に立てますか？」

卯の花が急に真剣な顔をするので、すみれは咄嗟《とっさ》に「ええ」と返す。

すると、卯の花は目を瞑《つむ》り、すうっと息を吸い込んだ。

「――〝わたしが人生で初めて口にしたお酒が、ここに出てくる〟」

卯の花が声を張った次の瞬間、惟史が持っていた瓶子《へいじ》が地面の上に現れた。無を有にする卯の花の言霊術は、酒に対しても有効らしい。

同時に、卯の花がふらっとよろめく。隣にいた火丸が卯の花の体を支えた。

「ご、ごめんなさい、術がまだ回復してなくて、ちょっと使っただけで目眩《めまい》が……。本当はもっと沢山出したいのですが、自分の経験を基にして物体を生み出すのは一度が限界というか、今のわたしの精一杯というか……。微力でごめんなさい……」

「いいえ！　十分よ。私一人ではどうにもならなかった。本当にありがとう、助かったわ」

すみれは感動で卯の花の手を取り、ずいっと顔を近付けた。

卯の花は少し照れくさそうな微笑を浮かべると、躊躇《ためら》いがちにすみれの手を握り返す。

「す、すみれ様、約束を覚えていますか」

「約束？」

「藤花妃争が終わったら、友達になるという約束です。わたし、遠くに行ってしまいますけれど……落ち着いたら文を送ります。だから、東宮妃になるとしても、あんな神の贄になんてならないでください。わたし、すみれ様が死んだら嫌ですから」

貴月に藤花妃争では殺し合いがあると言われた時から、宮中でこのように純粋な好意を向けられることがあるとは予想していなかった。諦めていたと表現する方が正しいかもしれない。

とても喜ばしい気持ちになり、すみれは卯の花に微笑《ほほえ》み返した。

「ありがとう。卯の花様。元気でいて」

卯の花の横に立つ火丸に目配せし、「火丸もね」と付け足す。火丸はふんっと照れ隠しのように腕を組み、顔を背けていた。

その後、卯の花達を宮中の外まで見送った。宮門には警備がいるため、気付かれないよう塀を伝って出ていくことになった。

火丸に支えられて塀に登る前、卯の花はふと思い出したかのように手を伸ばし、ずっと持っていたらしい市女笠《いちめがさ》を貴月に被《かぶ》せ、「すみれ様をお願いします」と小さな声で頼んだ。どこまで察しているのかは分からないが、貴月は顔を隠した方がいいと判断したのだろう。

二人の姿が見えなくなってから、すみれは直衣《のうし》姿で笠を被る不格好な貴月と共に歩き始めた。さっき色々言ってしまった分、二人きりになると少しの気まずさがある。

「……来てくれると思ってなかった。喧嘩した後だったし……」

改めてお礼を言いたいが、素直に口にするには照れ臭いものがあり言《い》い淀《よど》む。

貴月はふうんと空を見上げた。

「君こそ、残るという選択をしたのは意外だったな」

「……なぜ？」

「直接悪神に会ったんだろ。話に聞いているのと、実際に見るのとじゃわけが違う。恐ろしくはならなかったのかなと思ってね」

「恐ろしかった。……でもその分、あんなものに一人で立ち向かおうとしているあなたのことを凄いと思ったし、一緒に戦いたいと思った」

己の身を犠牲にしてまで必死な貴月を放っておけないという気持ちもある。できることなら、傍《そば》で最後まで行く末を見届けたいし協力したい。だから残った。

すみれは一旦自分の希望を伝えた後、立ち止まって真剣な声で聞く。

「……私、残るなんて勝手なことを言ったけれど、あなたの意志は確認してなかったわね」

「俺の意志？」

「私は悪神を調伏できなかった。私の調伏術を狙って近付いたあなたにとっては誤算なんじゃない？　私以外の術者の方が、あなたの役には立てるかもしれない」

すみれの方がどう思っていようと、貴月にとって利用価値がなければ二人の関係は終《しま》いだ。元々この話は、貴月がすみれの調伏術に目を付けたところから始まったのだから。

貴月はわずかに目を見開き、不思議そうに顎に指を当てた。

「……驚いた。君の代わりを見つけるなんてことは、ちっとも考えていなかったな」

意外な発言に戸惑っていると、貴月は続けてやや失礼な言い方をしてくる。

「君は後先を考えていない。感情面を優先して馴《な》れ合《あ》いなんて前代未聞のことをすることもある。無鉄砲で危険な選択をする。とてもじゃないけど付き合ってられない」

「そ、そんな言い方」

「でもその結果、君はその酒を手に入れた」

腕の中に抱えている、卯の花からもらった酒を指差された。

「冬嗣に殿に閉じ込められた時に悪神の子を使っていたら、俺の体が既にやられていて今回使えなかったかもしれない。そうなったら牢から助け出すのはもっと大変だった。君は計算高い性質ではないけれど、利益を度外視して人を助ける君のことを、結果的に誰かが助けようとしているし、君の言動が結果的に良い方向に物事を進めている。それは俺にはできないことだ。最初は君のそういうところが面倒だと思っていたんだけど――」

空を見上げていた貴月の目が横に立つすみれに向けられた。

「傍に置くなら、俺と同じような人間ではなく、俺に足りない部分を補える人間がいい」

ゆっくりとした口調で意外な考えを明らかにされ、不意をつかれたような気分だった。

「端《はな》から君があの悪神を完全に調伏できるとは思ってない。あれはそこらの物《もの》の怪《け》とは格が違うからね」

「調伏できないと思っていたのなら、どうして私を源内氏《げんない》の姫として選んだの？」

すみれはてっきり、貴月はすみれの術を利用して悪神に対抗するつもりなのだと思っていた。最初から調伏できないと分かっていたなら、どうやって倒すつもりだったのか。

「一時的な足止めができたら十分だった。内裏に入って悪神と対峙《たいじ》することができたら、君が動きを抑えている間に、悪神の子に完全に俺の身を乗っ取らせて倒すつもりだったんだよ。その結果俺が死ぬとしてもね」

はっとして黙り込む。

貴月は最初から己を犠牲にするつもりだったのだ。

源一門の人々ももしかしたら、それを分かっていて止めてほしいと頼んできていたのかもしれない。

「それに、俺は術もそうだけど、術以外の部分も期待して君を代理の姫として選んだんだ。最初に言っただろ。俺はどんな困難に直面しても逃げることのない、〝勇敢な姫〟を探していたって。途中で諦められたら困るんだよ。俺の隣でずっと戦ってくれる気骨のある姫じゃないとだめだ」

「…………」

「君は選択肢を与えても逃げなかった。俺には人を見る目があるらしい」

少し誇らしげな笑みを浮かべる貴月に、嬉《うれ》しいようなむず痒《がゆ》いような心地がする。

すみれはそれを悟られぬように、厳しい口調で釘《くぎ》をさした。

「言っておくけれど、あなたが命をかけてどうにかするという作戦のままなら私は協力しないわよ。私だって水平京の有り様をどうにかしたいと思っているけれど、その過程であなたがいなくなることには賛同できない。私と一緒に戦ってもいいと思ってくれているならあなたも生きて。そこだけは譲れない」

貴月はすみれの目をじっと見つめ返して、「そう言うと思ったよ」と諦めたように苦笑した。

貴月の方も、命を軽んじるべきではないというすみれの思いは把握しているはずだ。そのすみれにこの作戦を打ち明けたということは、新たにそれ以外の作戦を考えようとしているということなのだろう。

「悪神じゃなく惟史の方を止めることにしよう。まずはそのために、東宮妃となって他の殿上人を味方に付ける必要があるだろうね。君の父親も含めて」

貴月がそう言うのであれば、ここで東宮妃となること——内裏に入ることを諦めるわけにはいかない。

けれどすみれは悪神の姿も惟史の本性も見てしまった。このままでは東宮妃どころか、口封じとして儀式中に殺される。この絶望的な状況から、活路を見出《みいだ》すにはどうすればよいか。

「東宮様は妃に相応《ふさわ》しいかどうかじゃなくて、悪神の役に立つかで人を見てる。私に贄として価値があるのは確か。でもそれだけじゃ他の姫君達と同じだわ。東宮様にとって、贄以上の価値があって、隣に立つに相応しいと思われなければ東宮妃にはなれない」

殺される前に惟史の利となるような能力や活躍を見せつけ、認められる必要がある。

「まずは、赤朽葉様の身の安全の確保が最優先ね。東宮様は赤朽葉様の元に向かっている。東宮様に会うためにも、赤朽葉様を捜しましょう」

「また人助け？」

「あなたが言うには、私には結果的に物事を良い方向に運ぶ力があるらしいから。自信を持って人助けしていくわ」

貴月はふっと破顔し、「俺余計なこと言ったかなぁ」と愉《たの》しげに呟《つぶや》く。以前のようにすみれの言動を厄介がる風ではない。

それを嬉しく思っていたその時、――異変を感じた。

灰色の厚い雲が遠くの空を覆っている。こちらは晴れているというのに、その一点だけに稲光が走っている。

朝に参加者達が集まっていた卯の花の殿の辺りであろうか。嫌な予感がしたすみれは貴月と顔を見合わせ、その方角に向かって走り始めた。

暗澹《あんたん》と動く雲の下、荒々しい雷鳴が轟《とどろ》く。卯の花の殿に近付くごとに、嫌な気配が立ち込める。

門から卯の花の殿に入ると、地獄絵図が広がっていた。

血だらけの参加者が何人も地面に転がっている。その中心に立っているのは菖蒲と赤朽葉だった。すみれは菖蒲の元に駆け寄ろうとしたが、菖蒲が「来るな！」と物凄《ものすご》い形相で怒鳴ってきたため立《た》ち竦《すく》んだ。

「赤朽葉の様子がおかしい。術が暴走している。近付けばお前も無事では済まない」

すみれは赤朽葉の周囲に倒れている人々を見下ろした。まだ息はあるようだが、どの人物も重傷だ。大きな物の怪の爪で切り刻まれたかのような痕がある。その中に、体を重ねる形で倒れている見知った人物を見つけた。鶯と冬嗣だ。鶯を庇《かば》うかのように上に覆《おお》い被さっている冬嗣は傷だらけだった。

「ふふふ、倒しましたよぉ、菖蒲姉様。清華氏のお姫様さえいなくなれば、菖蒲姉様に有利ですよねえ」

赤朽葉の息は荒く、目は虚《うつ》ろで、頭を押さえて体を揺らしている。まるで何かに取り憑《つ》かれているかのようなその動きは、明らかに悪神の影響を受けているが故のものだった。

「そんなことは指示していない！　一体どうしたんだ、お前……」

菖蒲も戸惑っているようで、赤朽葉の両肩を摑《つか》んで何度も揺らしている。

「それではまるで、おかしくなった頃の父上じゃないか……」

気丈な菖蒲から出るには意外なほどに弱々しい声音だった。

「菖蒲様！　彼女から距離を取り、こちらへ来て。私に案がある」

すみれも近付けば攻撃されるだろう。だから、少し離れた位置から菖蒲に訴えた。

菖蒲は躊躇《ためら》いがちに赤朽葉から手を離し、様子を窺《うかが》いながらもゆっくりと後退する。呪術の影響か数多くの怨霊が寄ってきており、空気は悪くなる一方だ。既に取り憑かれている参加者もいる。

すみれの傍まで寄ってきた菖蒲は、低い声で問うてきた。

「案というのは何だ。赤朽葉がなぜあんな状態なのか分かるのか」

「一口でいいからこの酒を飲ませて」

「酒ごときで何が変わると……」

「お願い、今は私を信じて」

菖蒲は納得のいかない様子ですみれの顔をじっと覗《のぞ》き込み、低く囁《ささや》いた。

「私のことを騙《だま》していたら、私の術でお前の背骨を砕くが？」

「いいわ。嘘《うそ》だったら私のことをあなたの術で殺していい」

真剣な声音で伝えれば、菖蒲はおかしそうにふっと笑い――

「いいね。度胸がある」

瓶子《へいじ》を受け取り、覚悟を決めたように顔を上げた。

——その時だった。不気味な気配がしたのは。

振り向けば、門の傍に単身で立っている女がいる。身分を隠すためか女人の壺《つぼ》装束をしているが、その背丈とちらりと見える口元のほくろから、惟史であることはすぐに分かった。

「なぜあの方がここへ……深く眠っていることはこの目で確かめた、まだ動けるはずは……」

菖蒲は眉をひそめて険しい表情をした。動揺しているのか、やや声が震えている。顔が隠れてはいるが、菖蒲は彼が惟史であると分かったらしい。

今来られるのは菖蒲としても都合が悪いだろう。懐刀の粗相は姫の粗相として見られる。この事態、菖蒲の失態として捉えられても不自然ではないのだ。

惟史は躊躇いもなく赤朽葉に一歩一歩と近付いていく。赤朽葉は疎ましげに顔をしかめた。

「偽者?……いえ、本物ですねえ。あたしが術を解除しなければ起きないはずなのに……どうやったのですかあ?」

「呪術は禁術。先の帝《みかど》が滅ぼした術だ。とはいえ、そこに至るまではかなりの労力を要したみたいでね。その過程で数々の対呪術専用の術具が生まれている。それをこの家の人間は皆、お守りとして身に着けているんだ。呪術という魔を除《よ》ける魔除けだね」

惟史は首に着けている勾玉《まがたま》を赤朽葉に見せつけた。

「少し上等な術が使えるからって勘違いするなよ。僕の祖先が長年かけて生み出した呪術への対抗策にお前は太刀打ちできない。術の効果はすぐに切れて、目もすぐ覚めたよ。いい眠りだった」

「ふふ、おかしなことを言いますねえ。でしたらこれまでどこへ……？　いつでも逃げられたというのに、わざと身を隠していたとでも……？」

「その方が僕にとって都合が良かったんだよ。儀式に縛られず好きに動けるからね。もちろん和泉氏の浅はかな企《たくら》みも理解していた。そのうえで、もう少し面白い動きをしてくれたら妃候補として検討したのだけど……やはりやめた。汚らしい呪術使いの娘が傍《そば》にいる妃候補なんて、僕の寝殿に近付けたくないからねぇ」

赤朽葉が絶望に落ち込んだかのような、淀《よど》んだ表情を浮かべる。これまで主《あるじ》である菖蒲のために頑張っていたというのに、それが呪術を扱う己のせいで台無しになるのが悔しいらしい。

女人の姿をした惟史はなおも畳みかける。

「お前は失敗したんだよ。赤朽葉。さすが負け犬の子孫、死に損ないの生き残りだね」

「……何でですって？」

「記録にはよく残っているよ。お前の先祖の間抜けな姿が。呪術なんていう腐った術を扱う人間は、やはり性根も腐っていたらしい」

惟史は赤朽葉の心を掻《か》き乱《みだ》すかのように煽《あお》り続ける。

悲田院でも、落ち着いた病者と取り乱している病者では、症状の進行の速さが異なっていた。おそらく、冷静さを欠かせることで悪神はより人の精神を蝕《むしば》みやすくなるのだ。止めなければと思うが、この混乱の中では赤朽葉に近付けない。

「……あたしは死体から生まれたのですよ」

赤朽葉の声からは静かな怒りの気配がした。

「東宮殿下に分かりますかあ。天涯孤独の虚《むな》しさ。こんなあたしの家族となってくれた菖蒲姉様のために殺していなかっただけで、本当は帝とその血筋の者は滅ぼし返したいほど憎いのですよお。おかしいですねぇ、あたしには一族を滅ぼされた時の記憶などないはずなのに、何も知らないはずなのに、血に刻まれた憎悪はそう簡単に消えてくれないみたいです。でもどうしましょう、どうしましょう。あなたを殺してしまえば菖蒲姉様の悲願が叶《かな》わなくなってしまいます。あたしはこの世の誰を敵に回しても、菖蒲姉様の敵にだけは回りたくないのです……」

ぶつぶつと呟き続ける赤朽葉の目が赤く充血している。

「ああ、そうか、全て殺してしまえばいいのですねえ。他の参加者がいなくなれば、選ぶ余地などなくなりますものねえ」

稲妻が赤朽葉の背後の空を切り裂いた。

途端に、どこからか集まってきたさらなる数の怨霊が上空を飛び交い始める。赤朽葉が呪術で引き寄せたものだろう。事態が悪化している。

すみれの隣の菖蒲が焦ったように顔を強張《こわば》らせた。

「呪術は諸刃《もろは》の剣だ。あんな雑な使い方をすれば必ず自分の身に返ってくる！　そんなことは赤朽葉も分かっているはず……あいつ、正気を失ってるぞ」

まだ動ける参加者達が慌てふためき、この場から逃げようとする。しかし、殿の門の周囲には既に強力な物の怪《もののけ》や怨霊が待ち構えており、外に出られない状態だ。そのせいで場は更に混乱し、参加者達があちこちに逃げ惑っている。

菖蒲は人の波に呑まれて赤朽葉に全く近付けない様子だった。菖蒲の怪力術であればここにいる全員を殴り飛ばして一蹴できるだろうが、そんなことをすれば多くの参加者から批判を受けかねない。敵を増やす行為は菖蒲も避けたいらしい。

すみれも人混みの中、必死に貴月に手を伸ばした。貴月はすぐにその手を握り締め、すみれの体を自分の元に引き寄せた。

「まずいわ、赤朽葉様が暴走している……！」

「惟史が意図して暴走させているのだろうね。また混乱に乗じて姫を大勢攫《さら》うつもりだろう。呪術の暴走なら、何人死んでも不自然じゃない」

人にぶつかりながらも母屋の中へ避難したすみれ達は、身を隠し中から外の様子を窺う。外は阿鼻叫喚《あびきょうかん》と化していた。恐怖に支配された群衆が押し合い、怨霊に噛《か》みつかれて血を流すだけでなく、人同士でぶつかって怪我《けが》を負うなどの二次被害が出ている。

（どうしよう……どうすれば……）

場を落ち着かせる有効な手段が思い浮かばず、縋《すが》るように隣の貴月の衣の裾を掴む。

刹那、場を制する力強い声が響き渡った。


「――いつまで恥を晒《さら》し続けるおつもりですか！」


負傷した冬嗣に肩を貸して立っているのは、艶《つや》やかな黒髪を絵元結《えもとゆい》で結んだ、一際美しい姫君――鶯だった。

「国中から選ばれし術を持つ妃候補が聞いて呆《あき》れます！　あなたがたは家名を背負っているのではないのですか！　誇り高き一族の姫として、非常時こそ冷静な判断をすべきです！　見たところこの場は物《もの》の怪《け》に囲まれており、慌てたところでどうにもなりません！　みっともなく逃げ惑うのはおやめなさい！」

混乱して走り回っていた参加者達が立ち止まり、鶯を振り返る。誰もが鶯の存在感に目を奪われているようだった。

鶯はなおも声を張って続けた。

「分散した一人一人に結界を施すことは不可能です！　この後わたくしの合図と共に一箇所に集まりなさい！　必ず――きっと必ず何とかできます」

これが他の誰かの発言であれば、参加者達は従わなかっただろう。清華氏の姫である鶯の命令であるからこそ彼女達の耳に届いている。

次の瞬間――鶯と目が合った。その力強い眼光はすみれに何かを訴えている。言葉がなくとも、すみれには鶯が何を指示してきているのか理解できた。

「人が集まっても結界を張る前にそこを一気に物の怪に襲われたら全員死ぬわ。物の怪をどうにかしなきゃいけない」

参加者の命は鶯と冬嗣に託す。その代わり、こちらは物の怪をどうにかする。

すみれは立ち上がって上を見た。目視できる範囲だけでもかなりの量の物の怪がいる。その全てを調伏するというのも難しい行いではあるが、それ以前に物の怪達が別々に動いているのが問題だ。ばらばらでいるものを一体一体移動して調伏するのは時間がかかる。物の怪の方もどうにか一箇所に集められないものか――と考えていた時、隣の貴月がすみれの思考を遮るように言った。

「俺が悪神の子を出して物の怪を引き寄せる」

貴月は弓を取り出し、悪神を腕から出すためか袖を捲《まく》った。

「だめよ。そんなことしたらあなたが――」

この場にいる物の怪が全て貴月の元へ向かえば、貴月がこの量の物の怪達に一斉に襲われることになる。それを心配して止めようとしたすみれに、貴月は涼し気な顔で返す。

「俺は君を一度信じてみることにした。頼ってほしいと言われたのは初めてだったから」

同時に激しい雨風が中まで吹き込んできて、互いの体を濡《ぬ》らした。貴月がびしょ濡れになった髪を掻き上げる。この雨であれば、貴月が水の術を扱っても周囲からは分からない。そういう意味では、自由に戦えるだろう。

「俺もどうにか抵抗するけれど、こちらへ来る物の怪全てを一人で相手するのは無理だ。水の術を本気で使えば近くにいる惟史に俺の正体を勘付かれるし、悪神の子を使いすぎると俺の体が危ない。だから君の力を借りたい」

「……出会った時のように、全て調伏して追い払えって言いたいの？」

すみれの問いに、貴月はからかうようににやりと笑う。

「よく分かってるね。そろそろ俺達も、以心伝心できるくらいには心が通じ合えたってことかな？」

「何を調子の良いことを……」

半ば呆れながら、すみれはもう一度上空を見た。貴月と出会ったあの日と同じ、いや、それ以上の数の物の怪が集まっている。あの数を相手にできるだろうか。自分に貴月を守れるだろうか。

――いや、やるしかない。貴月に、信じるに値する人間だと示してみせる。

「任せて。貴月のことは私が守る」

貴月は少しおかしそうに目を細め、すみれが衣の袖で隠しながら腰にさしている刀を指さした。

「それを借りてもいい？」

「そうね、武器もあった方が身を守りやすいかも……」

元は自分の護身用にと持ち続けていたものだが、剣術の練習をしていないすみれが扱うよりも、貴月が持っていた方がいいだろう。

けれど、貴月はすみれの予想とは違う用途でそれを使うようだった。

「いや。普通の刀は物の怪には効かないよ。これは水の術を統制するために利用する。水の術っていうのは、武器があった方が水の動きを制御しやすいからね」

言われてみれば惟史も、水の術を扱う時は短刀を振るっていた。

あの時拾ったものがこんなところで役に立つとは、と驚きながらも、貴月に刀を手渡す。

すみれは覚悟を決めて貴月を庇《かば》うように怨霊達の前に立ちはだかり、手印を結んだ。

同時に、背後からおぞましい気配を感じた。貴月が悪神の子を表に出したのだ。地下にいた悪神本体の気配よりは幾分かましとはいえ、この不気味な気配にはやはり慣れない。

上空を飛び交い、参加者達を襲っていた怨霊達の空洞のような暗い眼《め》が一斉にすみれの方を向く。悪神の子の強力な力に引き寄せられるかのように、激しい勢いで怨霊達が突っ込んでくる。

「悪《あ》しき者どもよ、我に従い、安らかに眠れ！」

すみれの一声で、多くの怨霊が気絶するかのようにふっと力を失い、その場から消えていく。一旦意識を失わせているだけだが、その場凌《しの》ぎにはちょうど良い。

しかし、すぐにまた他の怨霊が襲いかかってきた。追い払っても追い払っても、その後ろには新たな怨霊が蔓延《はびこ》っている。

(きりがない)

いくら調伏し追い払っても、赤朽葉がまた新たな怨霊を呼び寄せている。すみれでもこれほどの数の怨霊を呼び寄せるのは難しい。呪術の恐ろしさを感じた。一方で、その呪術を扱う代償は大きいだろう。赤朽葉の体にはきっともう限界が来ている。

その時、不運にも調伏しきれなかった一体の怨霊がすみれを越えて殿の中、貴月の方へ直進していった。

「しまっ……」

すみれが振り返り、怨霊を調伏しようとした瞬間、冷涼な風が巻き起こった。

いつの間にか、床一面に薄く水が張られている。その水面《みなも》は鏡のように滑らかで、舞い手である貴月の姿を映し出していた。

刀剣を手にした貴月が、静かに水の上で歩を進めると、波紋が円を描き、まるで水が息をし始めたかのように貴月の周囲でとぐろを巻く。

悪神の子に引き寄せられ貴月に近付いた怨霊は、その周りの水にひとたび触れると、一瞬にして消え去っていく。

舞い始めた貴月の動きは柔らかく、それでいて力強い。一振り一振りがまるで水そのものを操っているかのように多量の水を躍らせている。剣が空を切るたび、飛び散った水滴が細かい霧となって輝き、次々と中に入ってくる怨霊を一掃していた。

貴月が剣を大きく振り下ろせば、水面から細い水柱が立ち上り、怨霊達の体を一気に貫く。剣の動きに合わせて水柱は形を変え、時には龍のようにしなやかにうねり、時には刃《やいば》のように鋭く空を切った。

——全ての邪気を祓《はら》うという、水の舞。帝《みかど》の家系に代々伝わる、水の術を用いた剣舞。

菖蒲が言っていたのは、この舞のことだったのだろう。

舞い続ける貴月の顔色が悪い。悪神の子を継続的に出しているために苦しいのだろう。

長くは続けられないなら、早く全ての怨霊を調伏して終わらせなければならない。

すみれは後ろの貴月を頼もしく思い、殿の外に向き直った。

調伏しながら横目で庭の方を見れば、鶯の指示によって一箇所に走り出す参加者達が見えた。彼らは冬嗣が作ったであろう結界の中に避難している。

人々の流れから逆行し、果敢に赤朽葉の元に向かっているのは菖蒲だ。菖蒲は正気を失っている赤朽葉に手を伸ばし、その腕を摑《つか》んだ。しかし赤朽葉にはほとんど意識がなく、菖蒲が瓶子《へいじ》の口を近付けても反応がない。

このままでは抑えきれないと焦るすみれの視界の隅で、菖蒲が赤朽葉に口付けるのが見えた。すみれは初めて見る他人同士の口吸いの現場にぎょっとしたが、おそらくあれは、口移しで酒を飲ませているのだろう。躊躇《ためら》いもなくそのようなことができるあたり、菖蒲の方も赤朽葉を大事にしているであろうことが窺《うかが》えた。


雷雨はしばらく止まらなかった。怨霊の出現も止《と》まることを知らず、何度も調伏を繰り返していたすみれが気を失いそうになる頃、ようやく雲の隙間から光が差し込み始めた。

赤朽葉の呪術の暴走が止まったらしい。灰色の雲はゆっくりと霧散していき、雨上がりの静けさが広がっていった。

怨霊の姿ももう見えない。安堵《あんど》でふっと全身の力が抜けたすみれを、同じく汗ばんでいる貴月が腕で支えた。悪神の子を出した腕は青くなっており、見るからに不健康だ。

「ごめんなさい。また貴月に無理をさせて」

「無理をしたのは君もだろ。途中からほとんど俺の元に怨霊が届かないようにしてたじゃないか」

「守るって言ったもの……」

力なく呟《つぶや》くと、貴月はふっと笑った。それはこれまで見てきた中で一番柔らかい、優しい微笑《ほほえ》みだった。

「これじゃどちらが懐刀か分からないね。ありがとう。俺のお姫様」

殿の向こうで、惟史が忌々しげに顔を歪《ゆが》めて踵《きびす》を返すのが見えた。

赤朽葉や他の妃候補《きさき》を贄《にえ》にするという計画をようやく諦めてくれたのだろう。

その後ろ姿をすぐに追う元気は、今のすみれにも貴月にもなかった。

「鶯様……鶯様の結界術のおかげだ！」

「鶯様のおかげで命が助かった！」

「ありがとうございます！」

結界の位置からはすみれ達の活躍は見えなかったらしく、外では参加者達が鶯ばかりを褒めそやしていた。

実際に結界術を施したのは鶯ではないだろうが、鶯は堂々とした佇《たたず》まいだ。立場上胸を張っていなくてはいけないと思うので理解はできる。それに、皆が一様に鶯の指示に従ったのは、鶯の家格やそれに相応《ふさわ》しい人格があればこそだ。紛れもなく鶯のおかげである。

「当然でしょう。鶯様はこの世で最も麗しくお強いお方なのですから」

鶯の一歩後ろに立つ冬嗣は、自分の術が鶯の手柄となるのがむしろ嬉《うれ》しいのか意気揚々としている。彼の鶯への溺愛っぷりが透けて見えた。

その後、鶯の活躍ぶりに沸き立つ参加者達のうち、数名がふとある者の存在に気付く。

「東宮様……!?」

「な、何故《なぜ》……! 誘拐されていたのでは」

彼はいつの間にか壺《つぼ》装束から元の袍《ほう》を纏《まと》った姿に戻っていた。袿《うちき》に袖を通してかずいていただけで、その下は通常通りの衣だったのだろう。

「悪しき物《もの》の怪《け》に攫《さら》われ、閉じ込められていたところを、さきほどそこの姫君に助けてもらってね」

惟史の視線を追うように、参加者達の顔が動く。

――その先には鶯がいた。

何のことか分からないのはすみれ達だけではないようで、鶯、そしてその後ろの冬嗣も不審がるような顔をしている。

「藤花妃争は終わりにしよう」

耳を疑うような惟史の発言に、多くの参加者が一体何を言い出すのかと戸惑いを隠せない様子だった。すみれ自身も、警戒するような気持ちで惟史を見つめる。

そんな参加者達を無視して、惟史はおもむろに歩き始める。

惟史の進行方向には鶯がいる。鶯は惟史が自分に近付いてきていることに気付くと、素早く蝙蝠《かわほり》扇を顔の前にかざした。

誰もが黙り込み、惟史と鶯の様子をじっと窺う。惟史は鶯の元まで辿《たど》り着《つ》くと、ゆっくりと鶯の手を取った。

「清華氏の鶯姫。僕はあなたが気に入った」

静まり返っていた場が再びどよめいた。当の本人である鶯が一番驚いているようで、声も上げずに惟史を凝視している。

「有事の機転、発言力、人を従わせる魅力――全てにおいて僕好みだよ。あなたには人を動かす力がある。僕の傍《そば》にいるに相応しい女性だ。僕はあなたを妃にしたい」

すみれは衝撃を受け、しばらく口を開けたまま硬直してしまった。他の参加者達も同じようで、誰もが息を呑《の》んで鶯の様子を見守っている。

確かに、術がなくとも鶯であれば多くの人を惹《ひ》きつけ従わせることができる。発言力がありどんな事態においても冷静に解決を図る人物というのは、惟史にとって自分の右腕として見込みのある存在だろう。

惟史は、儀式を中断させてまで鶯を妃として選ぶ説得力を高めるために、鶯が助けてくれたということにするつもりなのだ。

鶯が返答するより先に、耐えきれなかったらしい参加者が惟史に向かって発した。

「おっ、恐れながら！　藤花妃争は一年かけて行われる儀式でございます！　いくら危機に陥った東宮様を救ったとはいえ、このような時期に勝者が決まるなど前代未聞！　どうか考え直してくださいませ」

「僕に意見するつもり？」

惟史の咎《とが》めるような鶴の一声で、文句を言う者は誰一人いなくなった。

「藤花妃争なんて言っても、参加者全員傷だらけのこの様《ざま》じゃ、優雅な妃選びなんてできないでしょう。里に帰って療養した方がいいよ。顔に傷のある姫は好みじゃない」

反論した姫を冷たい目で見下ろした惟史は、興が醒めたかのように鶯に視線を移し、信じられぬ程朗らかに笑う。

「後で正式な知らせを下すよ。どうか僕の従順な妃として、僕の物になってほしい」

〝物〟――その言葉選びだけで、惟史が鶯のことをどう見ているのか分かる。そこに一切の愛情はない。歯向かうことは許さないとあらかじめ釘《くぎ》を刺しているようにも聞こえる。

惟史が軽い足取りで去っていった後、すみれは駆け足で鶯と冬嗣の元に近付いた。

二人は他の参加者達からの視線に耐えられなかったのか、殿の隅、他の参加者達とは一歩距離を置いた場所で立ち尽くしていた。

「礼は言いませんよ」

近付けば、振り向きもせずにぴしゃりと告げられる。鶯の目線から意図を察し、貴月と二人で物の怪を追い払ったことについてだろう。

礼など言われずとも良い。今はそれよりも気になることがある。

「妃を辞退してほしい」

「……は？」

咄嗟《とっさ》に口から出てきたのはあまりにも直球な要求だった。振り向いた鶯の顔には疑念が表れている。

このままでは単に鶯を候補から引きずり下ろし、自身が東宮妃になりたいがための発言と捉えられてしまう。すみれは、やはり鶯には事情を話さねばと思った。

「東宮様のお傍にいる神は水龍様ではないの。東宮様は偽者の神様の味方をしてる。その神様は悪い存在で、今都に蔓延っている疫病も、皆が取り憑《つ》かれたように様子がおかしくなっているのもそのせいなのよ」

早口で訴える。しかし、鶯は無表情ですみれのことを見返してくるばかりだ。おそらく信用されていない。突然宮中を離れ、鶯のことを忘れて過ごしていたすみれと鶯の間には、信用してもらえるだけの信頼関係がない。

どうすれば分かってもらえるのか——様々に思考を巡らせた後、最終的にすみれの口から出てきたのは、今の鶯に向ける素直な思いだった。

「あなたのことが心配なの。鶯」

馴《な》れ馴れしく鶯と呼んでしまったことに後からはっとするが、鶯本人は特に気にしている様子もなく、呆《あき》れたように溜《た》め息《いき》を吐いた。

「……今更姉面ですか。何年もわたくしのことを忘れていたくせに」

恨み言のように低い声で呟いた彼女は、続けて衝撃の事実を口にする。

「——全て知っています」

「……え？」

「まさか、最も帝に近しい清華氏の娘であるこのわたくしが、宮中の本当の事情を知らないとでもお思いですか。知ったうえで、全て背負うつもりでここに立っています」

信じられず、しばらく沈黙してしまった。

間を置いておそるおそる問いかける。

「……鶯は、この状況に賛成なの？　そのうえで東宮妃を目指しているの？」

「賛成というわけではありません。ただ、だからといって今東宮様のご意向に逆らう気もありません」

鶯から返ってきたのは、常識的とも言える答えだった。普通、高貴なる東宮に逆らおうなどとは誰も思わない。すみれ達が変わっているだけで、それは当然のことである。

それまで黙っていた貴月が横から口を挟んできた。

「このまま放置したら都がどういう事態になるのか分かっているのかな？　それに、惟史は悪神のためならたとえ清華氏であれど容赦しない。一歩間違えれば君の立場も危ういよ」

鶯に惟史への反発を強要することを躊躇い、黙り込んでしまったすみれに代わるように、貴月は一歩前に出る。

しかし鶯はいたって冷静だった。

「わたくしは、〝まだ〟東宮様に意見できる立場ではないという意味です。わたくしは必ずや東宮妃となり、彼のことを止めてみせます」

その目は、すみれの不安を掻《か》き消《け》すほどの覚悟を孕《はら》んでいた。

「わたくしの立場が危ういとおっしゃいますが、我が家が数百年の時をかけて築き上げてきたこの地位を、東宮様お一人がこの代のみで崩せるとは思えません。逆に言えば、この大役は権力の根付いた清華氏の姫であるこのわたくししか安定して担えないとも言えます。少なくとも形式上、儀式では一人は勝者を出さねばなりません。わたくしが下りたところで他の誰かが妃候補となります。わたくしはこの重役を他人に任せるつもりはありません。わたくしにしかできないことだという自負があります」

鶯は、きちんと考えたうえでここにいる。発言からそれがひしひしと伝わってきて、鶯こそが内裏に行くべきだと納得してしまった。敗北感、というよりは、底しれぬ頼もしさを感じたが故に沈黙する。

「……それに東宮様も、昔はあのような極端なお方ではありませんでした。子供達が悪戯《いたずら》に伏籠《ふせご》で閉じ込めた鳥を手当てして逃がすような、お優しいところもあるお方でした。それが今は、偽の水龍様を信仰するあまり手段を一切選ばないようになり……人が変わってしまっているように思います」

付け加えるように、鶯が伏し目がちに呟いた。

(……そうだ。鶯は、東宮様のことがお好きなのだったわ)

すっかり忘れていたが、彼女は惟史に恋心を抱いているという話だ。好きな相手が偽の神を信仰していると知ったがゆえに、止めたいという思いもあるのだろう。

どのみち一度決めた惟史の意志を今から曲げられるとは思えない。ここはむしろ鶯に場を託し、唯一の内裏にいる人脈として協力してもらった方がいいのでは——と新たな発想を得ていたその時。

背後から高らかな笑い声がした。

「つまり、私は復讐《ふくしゅう》すべき父上の敵の元に入内《じゅだい》しようとしていたというわけか。ああ、勝たなくてよかった。……まあ、これは半分は負け惜しみだが」

ばっと後ろを振り返る。そこには菖蒲と赤朽葉がいた。赤朽葉の方は眠っているようで、菖蒲に抱えられている。酒のおかげで落ち着いたようで、その顔色は良かった。菖蒲が瓶《へい》子《じ》をすみれに返してきた。まだ重たい。中に酒が残っていることにほっとした。

「今の都は何かおかしいと思っていたが……私の父上といい、さっきの赤朽葉といい、全て東宮様の仕業だったというわけだな。これは面白い」

全て盗み聞きされてしまっている。やはりもっと離れた場所で打ち明けるべきだったと後悔した。

「いいことを思いついた。今祀《まつ》られている偽者を倒して都の疫病を解決すれば、私の家も一発逆転できる可能性がまだあるということじゃないか？　ならば、私は外からできることを探そう」

菖蒲の切り替えの早さに驚く。さすが流刑地から舞い戻ってきた姫である。この程度では動じないらしい。

このような性格の菖蒲であれば、一発逆転のために国の秘密を不用意に広めて民の不安を煽《あお》るようなこともしないだろうという安心感がある。

「さっきのことは礼を言うよ。すみれ姫も諦めるな。直接内裏におらずともできることはきっとあるだろう」

菖蒲は悪巧みをするような顔をしてすみれの耳元で囁《ささや》いた。

その直後、ものすごい勢いで殿の中に入ってくる者達がいた。

「和泉氏の菖蒲姫！　貴様には東宮様に呪術をかけた疑いがかかっている！　大人しく同行してもらおう」

武装した検非違使《けびいし》である。菖蒲を捕まえにきたようだ。惟史はやはり、赤朽葉達を逃がすつもりはないらしい。

菖蒲は「おっと。もう来たか」と面白がるように笑みを深めた。

すみれは複雑な気持ちで隣の菖蒲を見つめた。

卯の花を騙《だま》しただけでなく、あれだけ酷《ひど》い火事を起こした菖蒲には、きちんと捕まって反省してほしいところである。

しかし、あの火事で死人は出なかった。自作自演とはいえ菖蒲が大勢を助けたからだ。彼女に皆殺しをする意図はなく、参加者が不利になるよう、顔に多少の火傷《やけど》をさせる程度で済ませようとしていたのだろう。

菖蒲がそれだけ必死な理由を知っているだけに、彼女が捕まり、この先ずっと父子ともにただの罪人として扱われていくのは少し気の毒に感じてしまう。

「そんな顔をするな。罪人扱いされるのは慣れているよ。といっても、今回は本当に罪人になってしまったがな」

すみれの心情を察したらしい菖蒲はあっけらかんとそう言って、まるで何かの準備をするかのように片腕をぐるぐると回したかと思えば、勢いよく殿の塀を殴った。

塀が一気に崩れる凄《すさ》まじい音が轟《とどろ》くと同時に大きな風が起こり、周囲にいた全員が吹き飛ばされそうになる。

咄嗟に目を瞑《つむ》っていたすみれがおそるおそる目を開くと——殿の塀だけではなく、その先にあった大内裏の塀まで綺麗《きれい》に破壊されていた。

「私達はしばらく身を隠す。機会があればまた会おう！」

菖蒲は赤朽葉を片腕で担いだまま、笑顔ですみれに別れの挨拶をし、怪力術で開けた穴から逃げ去っていく。

「貴様ー！」

「逃がすか！」

その後ろを大勢の検非違使達が追っていく。

こんなことがあっても菖蒲の野心は変わらずのようだ。さっきの風と一緒にすみれの心配も吹き飛んでしまった。

菖蒲達が見えなくなってから、彼女達の背中を見つめていた鶯がすみれに向き直った。

「菖蒲姫の言う通り、外廷でもできることはあるでしょう。わたくしは内側から様子を探ります。もしも必要であればあなたに協力を依頼しましょう。あなたに都の現状に立ち向かう度胸があれば、の話ですが」

挑発するように目を細められる。すみれは即答した。

「元来そのつもりよ。もう、鷲を一人で戦わせるつもりはないわ」

鷲は瞠目《どうもく》し、無言でふいっとすみれから顔をそらした。

「行きましょう、冬嗣」

冬嗣はすみれのことが嫌いなようで、鷲と共に立ち去りながらも、ずっとすみれを睨《にら》み付けている。

「……姉上のそういうところ、大嫌いです」

すれ違いざま、ぽつりと呟《つぶや》かれた。言葉とは裏腹に、その声音は少し、嬉《うれ》しげに弾んでいるように思えた。

日が没する前に、すみれ達は卯の花を倣って宮中を出ることになった。鷲の計らいにより牛飼童《うしかいのわらわ》がやってきて、二人は牛車に乗って水平京を出た。

惟史はいなくなった卯の花や菖蒲、すみれのことを追うだろう。けれどすみれは元々源内氏の姫ではなく、本来の身分も明かしていない。惟史が記憶しているわずかな見た目の情報のみで追手に捕まることはないだろう。源内氏や源一門、つまり貴月との繋《つな》がりを絶っていれば足がつくことはないはずだ。

東宮妃にはなれなかった。当初の目的とは異なるが、内裏との強力な繋がりができたのは大きい。まだ諦めたくない――けれど、貴月とはもう会うことは難しいかもしれない。

源内氏の屋敷《やしき》が近付く頃には、空に丸い月が浮かんでいた。貴月と会話をするのももしかしたらこれで最後になるかもしれないと思い、意を決して聞いてみる。

「……貴月は、これからどうするの？」

「まあ、内裏に入れなかったものは仕方ないからね。藤花妃争以外で宮中へ向かえる機会なんてないし、しばらくは作戦の練り直しかな。内裏との連絡手段ができたという意味では、今回鶯姫が味方に付いたのは大きいよ。俺は外で惟史と交渉できるような材料を探すか、殿上人を味方に付けるための材料を探すか……あるいは、もっと別の、悪神をどうにかする方法を見つけるかだね」

貴月が悩ましげに言った時、牛車の外から待ち構えていたかのように何人もの声がした。源一門の屋敷の方からだ。

「貴月！」

「お前、帰ってきたのかよ！」

貴月と一緒に物見から外の様子を覗《のぞ》くと、そこには貴月と同世代くらいの男性や、少し下くらいの少年達が泣きながら立っていた。

「貴月さん〜！　おれ、おれっ、貴月さんが帰ってきて嬉しいですぅ」

「おれ達、貴月さんの死体がおれ達の知らないところで埋葬されるんじゃないかってずっとずっと心配してたのですよお〜！」

まだ牛車から降りてもいないのに、進行を妨げる勢いでわらわらと集まってくる人々には見覚えがあった。

藤花妃争が始まる前に貴月のことを心配していた、源一門の男達だ。

「好かれてるのね」

小さな声で貴月に言えば、「まあね」と自信ありげな答えが返ってきた。彼らを見つめる貴月の目は優しかった。

壮絶な過去を背負う貴月にも、家族と呼べる存在がいることに何だかほっとする。

「好かれてるんだから、もう自分を犠牲にしすぎちゃだめよ」

「しないよ。犠牲にする絶好の機会もなくなっちゃったからね」

「機会があってもしちゃだめよ。悲しむ人がいるわ。私も一応、その一人だし」

貴月は、目的のためなら自分の身がどうなってもいいと考えている。最後にその考えだけは改めてほしいと思い、素直にそう伝えた。

するとしばしの沈黙があった後、貴月はくっくっと肩を揺らして笑った。

「君の忠告通り、自分のことを大事にしてみるのも悪くないかもね」

貴月が牛車から降り、源一門の者達に囲まれながらゆっくりと遠退《とおの》いていく。

藤花妃争は終わった。身の安全のためにも、しばらく貴月には会えない。

いや、もしかしたらもう——。

「——貴月！」

ぎりぎりで、それは嫌だと思った。

すみれは牛車の前簾《まえすだれ》を上げて身を乗り出し、貴月の背中に向かって叫ぶ。

「次に朝顔が咲く頃に、また私に会いに来て」

咄嗟《とっさ》に出てきたのは、また会おうという約束だった。

「私、もっと強くなる。術も鍛える。悪神を調伏できるくらい。もう内裏に入ることは叶《かな》わなくなってしまったけれど、もしかしたら別の方法で貴月の使命の役に立てるかもしれないから」

乾いた夜風が通り過ぎていく。貴月はすみれを振り返り——笑った。

「すみれを信じてよかったよ。また会おう」

花の顔の優しい微笑《ほほえ》み。月明かりに照らされた彼は、女人を惑わすのも納得の、現し世《うつしよ》の者とは思えぬ美しさを持っている。

最初の頃の割り切った関係性であれば見られなかったであろう本物の笑顔だ。すみれは満たされた気持ちで微笑み返した。

雲一つない空には、そんなすみれ達を見守るように、丸い月がくっきりと高く浮かんでいた。

終章

悲田院《ひでんいん》に帰ってからは、慌ただしい日々が続いた。すみれがあまりにも早く帰ってきたために僧侶達は狐《きつね》が化けているのだとしばらく慌てふためいており、本人であることを説明するのに苦労した。

何とか藤花妃争《とうかひそう》が予定外に早く終わったことを伝え、そこからは悪神の影響を和らげる酒の成分を調べる日々だった。悲田院にいる薬師も総出で似た酒の造り方を模索した。

酒を専門に造る造酒司《みきのつかさ》を訪問したり、神社の酒殿《さかど》で意見を求めたりした。

劣化させずに長持ちさせるため保存方法も模索し、季節が変わる頃には似た酒を造れるようになった。本物と比べれば効果は落ちるようだが、ゆっくりと時間をかけて症状が落ち着いてくる者も多く、その酒は薬として悲田院で広く用いられるようになった。

「母上。最近はよく眠れているようね」

すみれの母も例外ではなく、以前のように怯《おび》えた素振りをすることがなくなった。あまり意思疎通はできず、常に窓の外を眺めているが、最近は食事を取ることもできている。

「春……」

「え？」

久しぶりに母が言葉を発した。すみれは驚いて顔を上げる。

「春、は、まだ、かしら」

窓の外には雪が積もっており、

「……春が好きなの？」

「すみれ、が……生まれたの、春だったの」

たどたどしい口調で言葉を紡ぐ母を見て、すみれは泣きそうになった。

「もうすぐ来るわ。母上」

もしかしたら次の春まで、母は生きていないかもしれないと思っていた。宮中へ向かう前は、それほどに状態が悪かった。

次の季節を迎える時も母が生きているであろう奇跡を、すみれは泣きそうになりながら嚙《か》み締《し》めた。


春の息吹が漂ってくる頃、宮中から文が来た。柳の折枝に青い料紙が結ばれている、色の取り合わせの良い文だ。

「殿方からの文ですか？　すみれ様も隅に置けないですね」

「……そんなんじゃないわよ」

たまたまその様子を見ていた僧侶にからかわれる。殿方と聞いて一瞬、すみれの頭に貴《たか》月《つき》の顔が思い浮かんだが、文は貴月からのものではなかった。

送り主は――実の妹である鶯《うぐいす》だ。

送り主にも驚きだが、中にはもっと驚くべき内容が記されていた。

「わ、私……内裏に行けるかもしれない」

鶯から来たのは、女房として鶯の元で宮仕えをせよというお達しだった。

貴月も共に来られるよう、場は整えてくれたらしい。あの夏から全く音沙汰がなかったわりに、ようやく文が来たかと思えば予想外に大きな知らせだ。動揺しすぎて手が震える。

鶯はこれまで、共に戦うためにずっとこの準備をしてくれていたのかもしれない。それにしても、途中経過などの細やかな知らせが欲しかったところだが。

「ええ!? いけませんよ！　すみれ様は最早《もはや》この悲田院になくてはならない存在なのですから！　わたくしめは物《もの》の怪《け》が現れても経を唱えることしかできません！」

僧侶が慌てたようにすみれの手元から文を取り上げる。彼は自信なげにしているが、彼の読経はよく効くし、疫病に関してはすみれがいなくとも例の酒である程度は抑え込めている。

それにあれ以降、すみれは惟史《これふみ》に見つからないために、調伏術を表立っては使っていない。すぐに物の怪を追い払わなければならない緊急性がある時に、隠れてこっそり使うくらいだ。

この悲田院はもう、すみれがいないと回らないような場所ではない。

それに、今度こそ内裏に入ることができれば、もっと多くの人を救うための手がかりを得られるかもしれない。

すみれは僧侶から文を奪い返し、どうにかこの内容を貴月に伝えなければと思った。

男性に宛てて文を書くなど初めてだ。周囲にあらぬ誤解をされたらどうしよう……と余計な心配をして頭を悩ませていると、外からすみれを呼ぶ声がした。

すみれは戸を開け、多くの病者が眠っている表の部屋に移動した。入口から春の陽射《ひざ》しが差し込んでいる。

「朝顔でなく、菫《すみれ》が咲いているけれどいいかな？」

約束していた夏はまだ遠い。けれどそこには、以前よりも髪の伸びた貴月が立っている。

まるで図ったかのような都合の良い登場に、すみれは夢かと思って目を瞬《しばた》かせてしまった。

考えてみれば、鶯なら伝達漏れがないよう両方に文を届けていて当然だ。先に知らせを受けた貴月が、すぐにすみれのことを迎えに来てくれたのだろう。

「ちょっ、すみれ様、誰ですかあの美男子！」

「病の治療にしか興味のないような顔して、いつの間にあんな麗しい殿方を引っ掛けていたのですか!?」

治療中の病者までもが、突然の美男子の来訪に気持ちが上ずっている様子だ。恨めしそうな目すら向けられ、これ以上この美形をここにいさせてはいけないと、貴月の腕を摑《つか》んで一度外に出る。

外は春らしいぽかぽかとした陽気だ。すみれは戸を閉めるなり、貴月の正面に立ってまず文句を投げつけた。

「あなた、いつもいきなりすぎるわ。来る前に文くらい寄越しなさいよ」

「おや。鶯姫からとっくに知らせが来ているものかと」

貴月が惚《とぼ》けるように肩を竦《すく》める。

「今日来たばかりよ」

「俺の方にも今日来たばかりだよ」

「……知らせを受けてすぐこちらへやってきたということ？　本当、内裏に行けるとなると行動が早いわね」

「それもあるけれど」

言葉の途中で区切った貴月は、ずいっとすみれに顔を近付け茶化すように言った。

「単純に、すみれに会いたかったというのもあるよ」

冗談のようなその言葉が嬉《うれ》しくも気恥ずかしく、すみれは咄嗟に貴月から顔を背けた。

そんなすみれの心境を知ってか知らずか、貴月は姿勢を戻して愉《たの》しげに問いかけてきた。

「君の活躍は俺の耳にも届いているからね。疫病の重症者が以前よりも大幅に減ったんだって？」

「苦しんでいる人はまだまだいるわ。今はここだけでなく広くあの酒を普及させる努力をしているところよ」

最近は特定の地域だけでなく他の場所にも酒を届けられるように努力している。遠方にいる鶴丸《つるまる》氏の卯《う》の花《はな》にも協力してもらっているところだ。

すみれだけでなく、他の人々も頑張ってくれている。いつかは疫病にかかる人がいなくなる世の中になってほしい。そのためにこれからも、最大限の力を尽くすつもりである。

貴月が満足げに笑い、改めてすみれに手を差し伸べる。

「今度は俺から誘おう。また一緒に、戦ってくれる？」

貴月の後ろに見える山々は桜の花に彩られている。夏の若葉も似合うが春の花も似合う男だと思った。

すみれは静かに覚悟を決め、その手を握り返す。目の前にいる貴月も満足げに笑った。

足元で青みがかった菫の花が揺れている。新たな季節の訪れを肌で感じながら、二人で並んで歩き始めた。

富士見L文庫

水平京物語《すいへいきょうものがたり》
すみれの水都《すいと》に雨降《あめふ》りにけり

淡雪《あわゆき》みさ

2025年３月15日　初版発行

発行者　山下直久
発　行　株式会社 KADOKAWA
〒102-8177　東京都千代田区富士見2-13-3
電話　0570-002-301（ナビダイヤル）

印刷所　株式会社暁印刷
製本所　本間製本株式会社
装丁者　西村弘美

定価はカバーに表示してあります。

●お問い合わせ
https://www.kadokawa.co.jp/（「お問い合わせ」へお進みください）
※内容によっては、お答えできない場合があります。
※サポートは日本国内のみとさせていただきます。
※Japanese text only

ISBN 978-4-04-075767-4 C0193